Escupiré sobre vuestra tumba

vutu

Escupiré sobre vuestra tumba

BORIS VIAN

EL PAIS
SERIE NEGRA

Título original: *J'irai cracher sur vos tombes*

Miguel Yuste, 40
28037 Madrid

Traducción: Jordi Martí Garcés
Diseño de la colección: Manuel Estrada

ISBN: 84-96246-80-9
Depósito legal: M-17.629-2004
Impreso en España por Mateu Cromo, S. A., Pinto (Madrid)

Índice

Prefacio

Hacia julio de 1946, Jean d'Halluin conoció a Sullivan, en una especie de reunión franco-americana. Dos días más tarde, Sullivan le entregaba su manuscrito.

En el entretanto, le contó que se consideraba más negro que blanco, pese a haber cruzado la frontera; como se sabe, varios millares de «negros» (considerados como tales por la ley) desaparecen todos los años de las listas de empadronamiento y se pasan al otro bando; su preferencia por los negros le inspiraba a Sullivan una especie de desprecio por los «buenos negros», por aquellos a los que los blancos, en las novelas, daban palmaditas cariñosas en la espalda. Opinaba que era posible imaginar, e incluso encontrar en la vida real, a negros tan «duros» como los blancos. Es lo que, por su parte, había intentado demostrar en la breve novela cuyos derechos exclusivos de publicación adquirió Jean d'Halluin tan pronto como se enteró, por su amigo, de su existencia. Sullivan no tenía el menor inconveniente en dejar su manuscrito en Francia, ya que los contactos que había establecido con diversos editores americanos le acababan de demostrar la futilidad de cualquier intento de publicar en su país.

Aquí, nuestros moralistas de siempre reprocharán a algunas de las páginas de esta obra su... realismo un poco subido de tono. A este respecto, nos parece interesante señalar las diferencias de fondo existentes entre tales páginas y las narraciones de Miller: mientras éste no vacila nunca en echar mano al vocabulario más crudo, la intención de Sullivan parece ser más bien la de sugerir por medio de giros y construcciones que la de recurrir a un lenguaje descarnado; visto así, se acerca a una tradición erótica más latina.

Por otra parte, es fácil advertir en las páginas siguientes la influencia extremadamente clara de Cain (aunque el autor no intente justificar, mediante artificio alguno, manuscrito o de otro tipo, el empleo de la primera persona, cuya necesidad proclama el citado escritor en el curioso prólogo a *Three of a kind*, colección de tres novelas cortas reunidas recientemente en América en un solo volumen y traducidas aquí por Sabine Berritz), y también la de los más modernos cultivadores de la literatura de horror, como Chase. En este aspecto, hay que reconocer que Sullivan se muestra mucho más sádico que sus ilustres predecesores; no es de extrañar que su obra haya sido rechazada en América: la habrían prohibido, sin ninguna duda, al día siguiente de su publicación. En cuanto al fondo propiamente dicho de la obra, es una manifestación de un afán de venganza en una raza que, digan lo que digan, vive aún escarnecida y aterrorizada; es algo así como un intento de exorcizar el poder de los «verdaderos» blancos —intento comparable al de los hombres del Neolítico que pintaban bisontes heridos por las flechas para atraer a las presas a la trampa—, llevado a cabo con un desprecio más que considerable por la verosimilitud, y no exento de alguna que otra concesión al gusto del público.

Y es que ¡ay!, América, la tierra de Jauja, es también la tierra de elección de los puritanos, de los alcohólicos y del métetelo-bien-en-la-cabeza: y mientras en Francia nos esforzamos por lograr una mayor originalidad, al otro lado del Atlántico nadie siente el menor remordimiento por explotar sin escrúpulos una fórmula que ha dado ya probados resultados. A fe mía, es una manera como otra de dar el pego...

BORIS VIAN

1

Nadie me conocía en Buckton. Clem había elegido la ciudad por esta razón; y por otra parte, aunque me hubiera rajado, no me quedaba gasolina para seguir más al norte. Apenas cinco litros. Aparte de mi dólar, todo lo que tenía era la carta de Clem. De mi maleta más vale ni hablar. Por lo que había en ella. Lo olvidaba: en el maletero del coche tenía el pequeño revólver del chico, un miserable 6,35 de ocasión; estaba aún en su bolsillo cuando el sheriff vino a decirnos que nos lleváramos el cadáver a casa para enterrarlo. Debo decir que confiaba más en la carta de Clem que en todo lo demás. Tenía que funcionar, tenía que funcionar a la fuerza. Miraba mis manos sobre el volante, los dedos, las uñas. Realmente, nadie podía tener nada que objetar. Por ese lado, ningún peligro. Quizá llegara a arreglármelas...

Mi hermano Tom había conocido a Clem en la universidad. Clem no se comportaba con él como los demás estudiantes. Le dirigía gustoso la palabra; bebían juntos, salían juntos en el Caddy de Clem. Gracias a Clem, los demás toleraban a Tom. Cuando Clem se marchó para sustituir a su padre en la dirección de la fábrica, Tom tuvo que irse también. Volvió a casa. Había aprendido mucho, y consiguió sin ninguna dificultad un puesto de profesor en la escuela nueva. Y luego la historia del chico lo mandó todo al carajo. Yo era lo bastante hipócrita como para no decir nada, pero el chico no. No veía nada malo en ello. El padre y el hermano de la chica se encargaron de él.

Esto explica la carta de mi hermano a Clem. Yo no podía quedarme en el pueblo, y mi hermano le pedía a Clem que me encontrara algo. No muy lejos, para que pudiéramos vernos de vez en cuando, pero sí lo bastante como para que nadie nos reconociera. Tom pensaba que, con mi aspecto y mi carácter, no corríamos ningún peligro. Quizá llevara razón, pero yo de todos modos me acordaba del chico.

Encargado de una librería en Buckton: éste era mi nuevo trabajo. Tenía que ponerme en contacto con mi predecesor y estar al corriente de todo al cabo de tres días. El antiguo encargado pasaba a ocupar un cargo más importante y no estaba muy dispuesto a volver la vista atrás.

Hacía sol. La calle se llamaba ahora Pearl Harbour Street. Probablemente Clem no lo sabía. El antiguo nombre se leía aún en las placas. Vi la tienda en el 270 y detuve el Nash frente a la puerta. El encargado, sentado detrás de la caja, pasaba unas cifras a un libro de cuentas; era un hombre de mediana edad, duros ojos azules y pálidos cabellos rubios, por lo que pude ver al abrir la puerta. Le di los buenos días.

—Buenos días. ¿Qué desea?

—Tengo esta carta para usted.

—¡Ah! Es a usted a quien tengo que poner al corriente. Déjeme ver la carta.

La cogió, la leyó, le dio la vuelta y me la devolvió.

—No tiene ninguna complicación —explicó—. Éste es el *stock* —señaló a su alrededor—. Las cuentas las habré terminado esta noche. En cuanto a las ventas, la publicidad y demás, siga las indicaciones de los inspectores y de los papeles que vaya recibiendo.

—¿Es una cadena?

—Sí. Sucursales.

—Ajá —asentí—. ¿Qué es lo que más se vende?

—¡Oh! Novelas. Novelas malas, pero eso no es asunto nuestro. Libros religiosos, bastante, y también libros de texto. Libro infantil, poco, igual que los libros serios. Es un campo al que nunca he prestado atención.

—Así que para usted los libros religiosos no son serios.

Se pasó la lengua por los labios.

—No me haga decir lo que no he dicho.

Me reí de buena gana.

—No se lo tome a mal, yo tampoco soy muy creyente.

—Pues le voy a dar un consejo: no deje que la gente se dé cuenta, y vaya todos los domingos a escuchar al pastor, porque de lo contrario en pocos días se encontrará usted en la calle.

—Bien, qué le vamos a hacer —le dije—: Iremos a escuchar el sermón.

—Tenga —me dijo, tendiéndome una hoja de papel—. Verifíquelo. Es la contabilidad del mes pasado. Es muy sencillo. Los libros los traen de la central. Todo lo que usted tiene que hacer es llevar cuenta de las entradas y las salidas, por triplicado. Pasan a recoger el dinero cada quince días. A usted le pagarán con un cheque, con un pequeño porcentaje.

—Deme esto —le dije.

Cogí la hoja y me senté en un mostrador bajo, cubierto de libros que los clientes habían sacado de las estanterías. Seguramente no había tenido tiempo de devolverlos a su sitio.

—¿Qué se puede hacer en una ciudad como ésta? —pregunté, reanudando la conversación.

—Nada —me contestó—. Hay chicas en el drugstore de enfrente, y bourbon en el bar de Ricardo, a dos manzanas de aquí.

No era desagradable, pese a su brusquedad.

—¿Cuánto tiempo hace que está usted aquí?

—Cinco años —respondió—. Y me quedan cinco más.

—¿Y después, qué?

—Es usted curioso, ¿eh?

—Culpa suya. ¿Por qué me cuenta que le quedan cinco años? Yo no se lo he preguntado.

Suavizó el rictus de su boca, y se formaron arrugas en torno a sus ojos.

—Tiene usted razón. Pues mire, otros cinco años y me retiro de este trabajo.

—¿Y a qué se va a dedicar?

—A escribir —me dijo—. A escribir *best-sellers*. Sólo *best-sellers*. Novelas históricas, novelas en las que los negros se acuesten con las blancas y no los linchen, novelas en las que jovencitas puras logren crecer inmaculadas en medio de toda la podredumbre de los suburbios.

Soltó una risita irónica.

—¡*Best-sellers,* hombre! Y luego novelas increíbles audaces y originales. En este país es fácil ser audaz: no hay más que decir lo que todo el mundo puede ver si se esfuerza un poco.

—Lo conseguirá —le dije.

—Claro que lo conseguiré. Ya tengo seis a punto.

—¿Y nunca ha intentado colocarlas?

—No soy ni amigo ni amante de ningún editor, y no tengo dinero para invertir.

—Y ¿entonces?

—Entonces, dentro de cinco años tendré dinero suficiente.

—Estoy seguro de que va usted a conseguirlo —concluí.

Durante los dos días siguientes no me faltó trabajo, a pesar de que llevar la tienda era realmente sencillo. Hubo que poner al día las listas de pedidos, y además, Hansen —así se llamaba el encargado— me estuvo proporcionando información sobre los clientes, un cierto número de los cuales pasaba con regularidad a verle para hablar de literatura. Todo lo que sabían se reducía a lo que hubieran podido leer en el *Saturday Review* o en la página literaria del periódico local, que tenía un tiraje nada despreciable de sesenta mil ejemplares. Por el momento, me contentaba con escuchar sus discusiones con Hansen, e intentaba retener sus nombres y recordar sus caras, ya que, en una librería más que en otro negocio, lo realmente interesante es poder llamar al comprador por su nombre desde el momento en que pone los pies en la tienda.

En cuanto al alojamiento, me puse pronto de acuerdo con Hansen. Me quedaría con las dos habitaciones que él ocupaba en el piso de encima del drugstore, al otro lado de la calle. Mientras, me adelantó unos pocos dólares para que pudiera alojarme tres días en el hotel, y tuvo la atención de invitarme a compartir con él dos de cada tres comidas, evitando así que mi deuda aumentara. Era un tipo simpático. Me fastidiaba su historia esa de los *best-sellers;* un *best-seller* no se escribe así como así, aunque se tenga dinero. Quizá tuviera talento. Eso esperaba, por su bien.

Al tercer día me llevó al bar de Ricardo a tomar un trago antes de comer. Eran las doce, él tenía que marcharse por la tarde.

Sería la última vez que íbamos a comer juntos. Luego, me quedaría solo frente a los clientes, frente a la ciudad. Tenía que aguantar. Para empezar, aquel golpe de suerte de encontrar a Hansen. Con mi dólar, habría tenido que dedicarme a vender baratijas para poder sobrevivir durante los tres días, y gracias a él me encontraba ahora a cubierto. Volvía a empezar con buen pie.

El bar de Ricardo era un bar como todos, limpio y feo. Olía a cebolla frita y a buñuelos. Un tipo cualquiera leía el periódico distraídamente detrás de la barra.

—¿Qué les pongo? —preguntó.

—Dos bourbons —pidió Hansen, interrogándome con la mirada.

Asentí.

El camarero nos los sirvió en vaso largo, con hielo y pajita.

—Lo tomo siempre así —me explicó Hansen—. Pero no se sienta obligado.

—Está bien —le tranquilicé.

Quien no haya bebido nunca bourbon helado con pajita no puede imaginarse el efecto que hace. Es como un chorro de fuego que llega hasta el paladar. Fuego dulce, terrible.

—¡Excelente! —aprobé.

Mis ojos tropezaron con mi cara reflejada en un espejo. Parecía completamente ido. Llevaba algún tiempo sin beber. Hansen se echó a reír.

—No se preocupe —me dijo—. Por desgracia, uno se acostumbra enseguida. En fin... —prosiguió—, tendré que poner al corriente de mis manías al camarero del próximo bar al que vaya a abrevarme...

—Siento que se vaya —dije yo.

Se rió.

—Si me quedara, usted no estaría aquí... No —prosiguió—, es mejor que me vaya. ¡Cinco años y basta, qué caramba!

Apuró el vaso de un solo trago y pidió otro.

—Se acostumbrará usted enseguida —me miraba de arriba abajo—. Es usted simpático. Pero hay algo raro en usted. Su voz.

Sonreí sin contestar. Era un tipo infernal.

—Tiene usted una voz demasiado plena. ¿Es usted cantante, por casualidad?

—¡Oh! A veces canto, para distraerme.

Ahora ya no cantaba. Antes sí, antes de que ocurriera lo del chico. Cantaba y me acompañaba a la guitarra. Pero ya no me apetecía tocar la guitarra. Cantaba los blues de Handy y viejas canciones de Nueva Orleans, y otras que componía yo con la guitarra. Pero ya no me apetecía tocar la guitarra. Necesitaba dinero. Mucho dinero. Para conseguir todo lo demás.

—No habrá mujer que se le resista, con esta voz —dijo Hansen.

Me encogí de hombros.

—¿No le interesa?

Me dio una palmada en la espalda.

—Dese una vuelta por el drugstore. Las encontrará a todas allí. Tienen un club en esta ciudad. Un club de *bobby-soxers.* Ya sabe, de esas niñas que llevan calcetines colorados y jerseys a rayas, y que escriben a Frankie Sinatra. Su cuartel general es el drugstore. ¿No ha visto aún a ninguna? No, claro, se ha quedado usted casi todos los días en la tienda.

Yo también pedí otro bourbon. Circulaba a toda marcha por mis brazos, mis piernas, por todo mi cuerpo. En mi pueblo no teníamos *bobby-soxers.* No las iba a despreciar. Chiquillas de quince o dieciséis años, de pechos bien puntiagudos bajo jerseys ceñidos, lo hacen a propósito, las muy zorras, de sobra lo saben. Y los calcetines. Calcetines de vivo color verde o amarillo, bien estirados dentro de zapatos sin tacón; y faldas anchas, rodillas redondeadas; y siempre sentadas por el suelo, las piernas bien abiertas, sobre sus braguitas blancas. Sí, me apetecían las *bobby-soxers*.

Hansen me miraba.

—Y a todas les va la marcha —me dijo—. No se arriesga gran cosa. Conocen muchos lugares adonde llevarle a uno.

—No me tome por un cerdo —dije.

—¡Oh, no! —se explicó—. Quiero decir que le llevan a uno a bailar y a beber.

Sonrió. Sin duda, mi interés era evidente.

—Son divertidas —prosiguió—. Vendrán a verle a la tienda.

—¿Qué pueden querer de allí?

—Compran fotos de actores, y, como quien no quiere la cosa, todos los libros de psicoanálisis. Libros de medicina, quiero decir. Todas estudian medicina.

—Bueno —mascullé—. Ya veremos...

Esta vez logré fingir indiferencia, porque Hansen se puso a hablar de otra cosa. Y luego comimos, y se marchó hacia las dos. Yo me quedé solo frente a la tienda.

2

Empecé a aburrirme cuando llevaba allí unos quince días. En todo ese tiempo, no me moví de la tienda. Las ventas iban bien. Los libros tenían buena salida; y en cuanto a la publicidad, me lo daban todo hecho. Cada semana la central me mandaba junto con el paquete de libros en depósito, unos cuantos folletos y desplegables, para que los colocara en las estanterías bajo el libro correspondiente o en un lugar bien visible. En la mayoría de los casos, con leer la reseña del libro y abrirlo por cuatro o cinco páginas distintas ya me hacía una idea más que suficiente de su contenido; más que suficiente, en cualquier caso, para poder dar una respuesta satisfactoria al desgraciado que se dejara convencer por los reclamos al uso: la cubierta ilustrada, el folleto y la foto del autor con la breve nota biográfica. Los libros son muy caros, y todos esos artificios tienen una finalidad muy concreta; demuestran, además, que la gente no siente ningún interés por comprar buena literatura; el libro que quieren leer es el que recomienda su club, el libro del que se habla, y su contenido les importa un bledo.

De algunos títulos recibía un montón de ejemplares, con una nota recomendándome que los colocara en el escaparate, e impresos para distribuir. Dejaba una pila junto a la caja, y metía uno en cada paquete de libros. La gente no rehusa nunca los impresos en papel couché, y las pocas frases que en ellos figuraban eran precisamente el tipo de cuento que había que contar a la clientela de una ciudad como aquélla. La central utilizaba este sistema para los libros más o menos escandalosos, y la misma tarde ya habían volado todos los ejemplares.

En realidad, no me aburría del todo. Lo que ocurría es que la rutina de la tienda me resultaba demasiado fácil, y me quedaba tiempo para pensar en lo demás. Que era lo que me ponía nervioso. Todo me iba demasiado bien.

Hacía buen tiempo. Estaba terminando el verano. La ciudad olía a polvo. A la orilla del río, se estaba fresquito bajo los árboles. No había salido aún desde mi llegada, y no conocía nada del campo, de las afueras de la ciudad. Necesitaba cambiar un poco de aires. Pero sentía también una necesidad mucho más acuciante, que me atormentaba. Me hacían falta mujeres.

Aquella tarde, a las cinco, al bajar la persiana metálica, no me quedé dentro trabajando como de costumbre a la luz de los fluorescentes. Cogí el sombrero y, con la chaqueta colgada del brazo, me fui directamente al drugstore de enfrente. Yo vivía justamente encima. En el drugstore había tres clientes. Un chico de unos quince años y dos chicas de la misma edad, más o menos. Me miraron con aire ausente y volvieron a sumirse en la contemplación de sus vasos de leche helada. La mera visión de este brebaje estuvo a punto de matarme. Afortunadamente llevaba el antídoto en el bolsillo de mi chaqueta.

Me senté a la barra, a un taburete de distancia de la mayor de las dos chicas. La camarera, una morena bastante fea, alzó ligeramente la cabeza al verme.

—¿Qué tiene usted sin leche? —le pregunté.

—¿Limonada? —me propuso—. ¿*Grapefruit*? ¿Tomate? ¿Coca-Cola?

—*Grapefruit* —dije yo—. No me llene mucho el vaso.

Busqué en mi chaqueta y destapé mi petaca.

—Alcohol aquí, no —protestó débilmente la camarera.

—No se preocupe. Es mi medicamento —me reí—. No tema por su licencia...

Le di un dólar. Había recibido mi cheque por la mañana. Noventa dólares por semana. Clem tenía amigos que valían la pena. La camarera me devolvió el cambio y le dejé una buena propina.

No es que sea nada del otro jueves el *grapefruit* con bourbon, pero de todos modos es mejor que el *grapefruit* solo. Me sentía mejor. Todo iba a salir bien. Los tres chavales me miraban. Para esos mocosos, un tipo de veintiséis años es ya un viejo; sonreí a la muchachita rubia; llevaba un jersey azul celeste con rayas blancas, sin cuello, con las mangas dobladas hasta el codo, y pequeños calcetines blancos metidos en zapatos de suela de crepé. Era simpática. Muy formada para su edad. Al tacto debía de ser tan firme como las ciruelas bien maduras. No llevaba sostén, y los pezones se dibujaban a través de la lana. Me devolvió la sonrisa.

—Hace calor, ¿eh? —tanteé.

—De muerte —contestó, desperezándose.

En los sobacos se le veían dos manchas de humedad. Eso me produjo no sé qué efecto. Me levanté e introduje una moneda de cinco centavos en la ranura de la máquina de discos.

—¿Le quedan ánimos para bailar? —le pregunté, acercándome a ella.

—¡Oh! ¡Me va a matar! —dijo ella.

Se pegó tanto a mí que se me cortó el aliento. Olía a bebé limpio. Era delgada, podía llegar a su hombro derecho con mi mano derecha. Alcé el brazo y deslicé los dedos justo debajo de su pecho. Los otros dos nos miraron y decidieron imitarnos. Era un estribillo. *Shoo Fly Pie,* por Dinah Shore. La chica lo iba tarareando mientras bailaba. La camarera, al vernos bailar, había levantado la nariz de su revista, pero al poco rato volvió a sumergirse en ella.

No llevaba nada debajo del jersey. Se notaba enseguida. Menos mal que el disco terminó, porque dos minutos más y yo habría dejado de estar presentable. Me soltó, volvió a su asiento y me miró.

—No baila usted mal, para ser un adulto... —me dijo.
—Me enseñó mi abuelo —respondí.
—Se nota —se burló—. Pero por cinco centavos no se puede pedir mucho ritmo...
—De *jive* seguramente puede darme lecciones, pero yo puedo enseñarle otras cosas.
Entornó los ojos.
—¿Cosas de persona mayor?
—Depende de las dotes que usted tenga.
—Sí, ya le veo venir...
—Qué va a verme venir. ¿Alguien tiene una guitarra?
—¿Toca usted la guitarra? —preguntó el chico.
Parecía despertarse, de repente.
—Toco un poco la guitarra —dije.
—Y también canta, entonces —dijo la otra chica.
—Un poco...
—Tiene la voz de Cab Calloway —se mofó la primera.
Parecía molesta de ver que los demás me hablaban. Me dispuse a tranquilizarla.
—Lléveme a donde pueda encontrar una guitarra y le enseñaré lo que sé hacer. No es que quiera hacerme pasar por W. C. Handy, pero puedo tocar un blues.
Sostuvo mi mirada.
—Bueno —dijo—, vayamos a casa de B. J.
—El chico de la guitarra, ¿no?
—No. La chica de la guitarra. Se llama Betty Jane.
—Podía haber sido Baruch Junior —bromeé.
—¡Claro! Vive aquí. Venga.
—¿Vamos ahora mismo? —preguntó el chico.
—¿Por qué no? —repliqué—. La niña necesita que le pongan las peras a cuarto.
—O. K. —dijo el chico—. Me llamo Dick. Y ella Jicky.
Señalaba a la chica con la que yo había bailado.
—Y yo me llamo Judy —dijo la otra.
—Yo Lee Anderson —me presenté—. Trabajo en la librería de enfrente.
—Ya lo sabemos —dijo Jicky—. Hace quince días que lo sabemos.
—¿Tanto os interesa?

—Claro —dijo Judy—. Hay escasez de hombres en la ciudad.

Salimos los cuatro. Dick a regañadientes. Parecían bastante excitados. Y me quedaba bourbon suficiente para excitarlos algo más cuando hiciera falta.

—Os sigo —les dije, una vez fuera.

El *roadster* de Dick, un Chrysler modelo antiguo, esperaba a la puerta. Colocó a las dos chicas delante, y yo me las apañé por el asiento trasero.

—¿A qué os dedicáis en la vida civil, jovencitos? —pregunté.

El coche arrancó bruscamente y Jicky se arrodilló sobre el asiento, volviéndose hacia mí para contestarme.

—Trabajamos...

—¿Estudios...? —sugerí.

—Y otras cosas...

—Si te pasaras aquí detrás —dije levantando un poco la voz para vencer el ruido del viento—, podríamos hablar más cómodamente.

—Nones —murmuró.

Entornó otra vez los ojos. Debía de haber aprendido el truco en alguna película.

—No tienes ganas de comprometerte, ¿eh?

—Está bien —concedió.

La agarré por los hombros y la hice saltar por encima de la separación.

—¡Eh! ¡Vosotros! —dijo Judy volviéndose—. Tenéis una manera de hablar un tanto especial.

Yo estaba ocupado haciendo pasar a Jicky a mi izquierda, y me las ingeniaba para cogerla por los lugares apropiados. No me iba del todo mal. Parecía hacerse cargo de la broma. La senté en el asiento de cuero y le pasé el brazo por el cuello.

—Y ahora, quieta —le dije—. O te voy a dar una tunda.

—¿Qué llevas en esa botella? —preguntó.

Yo tenía la chaqueta encima de las rodillas. Ella deslizó la mano por debajo, y no sé si lo hizo a propósito, pero si fue así, tenía una puntería endiablada.

—No te muevas —le dije retirando su mano—. Ya te sirvo yo.

Desenrosqué el tapón niquelado y le pasé la petaca. Se tomó un buen trago.

—¡No te lo termines! —protestó Dick.

Nos estaba vigilando por el retrovisor.

—Pásame un poco, Lee, viejo caimán...

—No te preocupes, tengo más.

Sostuvo el volante con una sola mano y agitó la otra en nuestra dirección.

—¡Déjate de bromas! —reconvino Judy—. No sea que nos estrellemos contra el decorado...

—Tú eres el cerebro de la banda, ¿no? —aventuré—. ¿No pierdes nunca la sangre fría?

—¡Nunca! —respondió.

Agarró la petaca al vuelo en el momento en que Dick iba a devolvérmela. Cuando me la entregó, estaba vacía.

—¿Qué tal? —le dije, en tono aprobador—. ¿Estás mejor?

—Psé... no es gran cosa... —comentó Judy.

Sus ojos estaban empañados de lágrimas, pero había encajado el golpe. Su voz sonaba algo estrangulada.

—Con todo ese cuento —dijo Jicky—, yo me he quedado sin nada.

—Vamos a buscar más —propuse—. Vamos por la guitarra y luego volvemos a donde Ricardo.

—Eres un tipo con suerte —dijo el chico—. A nosotros nadie nos quiere vender.

—¿Veis lo que os pasa por parecer tan jóvenes? —dije yo, burlándome de ellos.

—No tan jóvenes como eso —gruñó Jicky. Empezó a agitarse, hasta colocarse de manera tal que yo con sólo cerrar los dedos ya tenía en qué ocuparme. De pronto, el coche se detuvo y dejé colgar mi mano, negligentemente, a lo largo de su brazo.

—Vuelvo enseguida —anunció Dick.

Salió del coche y echó a correr hacia la casa, que parecía obra del mismo constructor que las que la rodeaban. Dick volvió a aparecer en el porche. Llevaba una guitarra en un estuche barnizado. Cerró de golpe la puerta tras él y, en dos brincos, se plantó junto al coche.

—B. J. no está —anunció—. ¿Qué hacemos?

—Ya se la devolveremos —dije—. Sube. Vamos donde Ricardo, a que me llene el depósito.

—Vas a tener buena reputación, como sigas así —observó Judy.

—¡Oh! —la tranquilicé—. Se darán cuenta enseguida de que habéis sido vosotros los que me habéis arrastrado a vuestras sucias orgías.

Hicimos el mismo trayecto en dirección contraria, pero la guitarra me molestaba. Le dije al chico que se detuviera a cierta distancia del bar y bajé a repostar. Compré otra botella más, y volví con el grupo. Dick y Judy, de rodillas en el asiento delantero, discutían enérgicamente con la rubia.

—¿Qué te parece, Lee? —dijo el chico—. ¿Vamos a bañarnos?

—De acuerdo —respondí—. Tendréis que prestarme un bañador. No he traído nada...

—No te preocupes. Ya nos arreglaremos.

Puso el motor en marcha y salimos de la ciudad. Al poco rato, tomó un atajo, apenas lo bastante ancho para el Chrysler, y en pésimo estado de conservación. En realidad, de conservación nada.

—Tenemos un lugar fantástico para bañarnos —me aseguró—. No hay nunca nadie. Y un agua...

—¿Hay truchas en el río?

—Sí. Y gravilla y arena blanca. Y nunca va nadie. Somos los únicos que pasamos por este camino.

—Se nota —dije, agarrándome la mandíbula, a punto de desencajarse a cada sacudida—. En vez de coche tendrías que llevar un bulldozer.

—Es parte del juego —me explicó—. Así la gente no viene a meter sus sucias narices por estos barrios.

Aceleró y yo encomendé mis huesos al Creador. El camino describió un brusco desvío, y terminó ciento cincuenta metros más adelante. No había más que arbustos. El Chrysler se detuvo en seco al pie de un corpulento arce y Dick y Judy saltaron a tierra. Yo bajé antes que Jicky y la agarré al vuelo. Dick había cogido la guitarra e iba el primero. Le seguí, animoso. Había un estrecho paso bajo las ramas y se descubría de golpe el río, fresco y transparente como un vaso de gin. El sol estaba bajo, pero hacía aún un calor intenso. Una parte del agua se estremecía a la sombra; la otra reverberaba débilmente a los rayos oblicuos del sol. Una hierba espesa, seca y polvorienta, descendía hasta el agua.

—No está mal el rincón —concedí—. ¿Lo habéis encontrado solitos?

—No somos tontos del todo —dijo Jicky.

Y me lanzó un gran terrón de tierra seca, que me alcanzó en el cuello.

—O te portas bien —la amenacé—, o se acabó lo que se daba.

Di unos golpecitos al bolsillo de mi chaqueta para acentuar el efecto de mis palabras.

—¡Oh! No se enfade usted, viejo cantor de blues —se excusó—. Demuéstrenos más bien lo que sabe usted hacer.

—¿Y mi bañador? —le pregunté a Dick.

—Qué más da —me replicó—. No hay nadie.

Me volví. Judy ya se había sacado el suéter. Evidentemente, no llevaba gran cosa debajo. Su falda se deslizó a lo largo de sus piernas, y, en un abrir y cerrar de ojos, hizo volar por los aires zapatos y calcetines. Se tendió en la hierba completamente desnuda. Debí poner cara de estúpido, porque se rió de mí con tantas ganas que estuve a punto de no poder contenerme. Dick y Jicky, en el mismo atuendo, se dejaron caer a su lado. Para colmo del ridículo, era yo el que parecía turbado. Observé, sin embargo, la delgadez del chico, cuyas costillas se marcaban bajo su piel bronceada.

—Está bien —dije por fin—, no veo por qué tendría que hacerme el estrecho.

Me tomé mi tiempo con toda la intención. Sé lo que valgo en pelotas, y os aseguro que tuvieron ocasión de darse cuenta mientras me desnudaba. Hice crujir mis costillas desperezándome con fuerza, y me senté junto a ellos. No me había recuperado aún de mis escaramuzas con Jicky, pero no hice nada para disimularlo. Supongo que esperaban que me rajara.

Empuñé la guitarra. Era una excelente Ediphone. Pero no es muy cómodo tocar sentado en el suelo, así que le dije a Dick:

—¿Te importa que me traiga el asiento del coche?

—Voy contigo —dijo Jicky.

Y se escabulló como una anguila por entre las ramas.

Me hizo un curioso efecto, ver aquel cuerpo de adolescente, bajo aquella cabeza de *starlette,* rodeado por las sombras de los arbustos. Dejé la guitarra y la seguí. Me llevaba ventaja, y cuando llegué al coche, ella ya volvía cargada con el pesado asiento de cuero.

—¡Dame eso! —le dije.

—¡Déjame tranquila, Tarzán! —gritó.

Hice caso omiso de sus protestas, y la agarré por detrás con brutalidad. Soltó el asiento y se dejó hacer. Yo me habría tirado hasta una mona. Debió de darse cuenta, porque empezó a revolverse con todas sus fuerzas. Me eché a reír. Me gustaba. Allí la hierba era alta, y mullida como una colchoneta hinchable. Se deslizó al suelo y yo la seguí. Luchábamos como salvajes. Estaba bronceada hasta la punta de los senos, sin esas marcas de sostén que tanto afean a las mujeres desnudas. Y tersa como un albaricoque, desnuda como una niña, pero cuando conseguí tenerla debajo de mí, me di cuenta de que sabía mucho más que una niña. Hacía meses que no me daban una demostración tal de técnica. Mis dedos sentían su espalda, lisa y luego cóncava, y, más abajo, sus nalgas, firmes como sandías. No duró ni diez minutos. Simuló que se dormía, y en el momento en que yo me disponía a emplearme a fondo, me abandonó como a un fardo y huyó delante de mí, hacia el río. Recogí el asiento y corrí tras ella. Al borde del agua, tomó impulso, y se zambulló sin salpicaduras.

—¿Ya os estáis bañando?

Era la voz de Judy. Tendida de espaldas, cubriéndose la cara con las manos, mascaba una ramita de sauce. Dick, abandonado a su lado, le acariciaba los muslos. Había una botella tirada por el suelo. Judy advirtió mi mirada.

—Sí..., está vacía... —se rió—. Os hemos dejado la otra.

Jicky chapoteaba, al otro lado del agua. Busqué en mi chaqueta y cogí la otra botella, y luego me zambullí. El agua estaba tibia. Me sentía maravillosamente en forma. Me lancé en un sprint mortal y alcancé a Jicky en el centro del río. Había unos dos metros de fondo y una corriente casi inapreciable.

—¿Tienes sed? —le pregunté, batiendo el agua con una sola mano para mantenerme a flote.

—¡Y que lo digas! —me aseguró—. Me has destrozado, con tus modos de campeón de rodeo.

—Ven —le dije—. Haz el muerto.

Se dejó ir sobre la espalda, y yo me deslicé bajo ella, con un brazo a través de su torso. Le tendí la botella con la otra mano. Cuando fue a cogerla, dejé que mis dedos se deslizaran a lo largo de sus muslos. Separé suavemente sus piernas y la tomé, otra vez, en el agua. Se abandonaba encima de mí. Estábamos casi de pie, y nos movíamos lo justo para no irnos a pique.

3

La cosa siguió igual hasta septiembre. Completaban la banda cinco o seis miembros más, entre chicos y chicas: B. J., la propietaria de la guitarra, bastante mal hecha, pero con una piel que olía extraordinariamente bien; Susie Ann, otra rubia, pero más llenita que Jicky, y otra chica de pelo castaño, insignificante, que solía pasarse el día bailando. En cuanto a los chicos, eran tan estúpidos como yo hubiera podido desear. No había vuelto a salir con ellos por la ciudad: habría sido mi perdición ante la gente. Nos encontrábamos a orillas del río, y ellos guardaban el secreto de nuestros encuentros porque yo era para ellos un proveedor cómodo de bourbon y de gin.

Conseguía a todas las chicas, una tras otra, pero era demasiado fácil, me desanimaba. Lo hacían casi con la misma facilidad con que se limpiaban los dientes, por higiene. Se comportaban como una banda de chimpancés, descamisados, glotones, tumultuosos y viciosos; pero, por el momento, me conformaba con eso.

A menudo tocaba la guitarra; esto solo me habría bastado, incluso aunque no hubiera sido capaz de romperles la cara a todos aquellos mocosos al mismo tiempo, y con una sola mano. Me enseñaban el *jitterburg* y el *jive;* no me costó mucho esfuerzo hacerlo mejor que ellos. Pero no era culpa suya.

Sin embargo, me había puesto de nuevo a pensar en el chico, y dormía mal. Había vuelto a ver a Tom dos veces. Estaba logrando aguantar. Ya no se hablaba de la historia del chico. A Tom le dejaban tranquilo en su escuela, y a mí no me recordaban demasiado. El padre de Anne Moran había mandado a su hija a la universidad del condado; su hijo seguía con él. Tom me preguntó si las cosas me iban bien, y le dije que mi cuenta corriente ascendía ya a ciento veinte dólares. Economizaba en todo, salvo en el alcohol, y los libros se seguían vendiendo bien. Esperaba un aumento a finales de verano. Tom me pidió que no olvidara mis deberes religiosos. En realidad, había conseguido librarme de todas mis creencias, pero me las arreglaba para que se notara tan poco como lo demás. Tom creía en Dios. Yo iba al oficio dominical, como hiciera Hansen, pero estoy convencido de que no se puede conservar la lucidez y creer en Dios al mismo tiempo, y yo tenía que estar lúcido.

Al salir del templo, nos encontrábamos en el río y nos tirábamos a las chicas, con tanto pudor como una banda de orangutanes en celo; a fe mía, eso es lo que éramos. Y luego terminó el verano sin que nos diéramos cuenta, y empezaron las lluvias.

Volví a frecuentar el bar de Ricardo. De vez en cuando me pasaba por el drugstore para charlar un rato con la basca del lugar; realmente empezaba a hablar su jerga mejor que ellos, se ve que tenía facilidad también para esto. Por aquellos días fueron volviendo de vacaciones un montón de tipos, de lo más rico de Buckton, venían de Florida o de Santa Mónica o de yo qué sé dónde... Todos bronceados y rubios, pero no más que nosotros, que nos habíamos quedado junto al río. La tienda se convirtió en uno de sus lugares de reunión.

Ésos no me conocían aún, pero había tiempo de sobra y yo no tenía ninguna prisa.

4

Y luego volvió también Dexter. Me habían hablado de él hasta hacerme sangrar los oídos. Vivía en una de las casas más bonitas del barrio elegante de la ciudad. Sus padres estaban en Nueva York, pero él se quedaba todo el año en Buckton porque tenía los pulmones delicados. La familia era originaria de Buckton, y allí se podía estudiar tan bien como en cualquier otra ciudad. Había ya oído hablar del Packard de Dexter, de sus clubs de golf, de su radio, de su bodega y de su bar, y sabía tanto de todo eso como si me hubiera pasado la vida en su casa: no me decepcionó cuando le vi. Era exactamente la especie insignificante y sucia de crápula que tenía que ser. Un tipo delgado, moreno, de aspecto un poco indio, de ojos negros y mirada sardónica, pelo rizado y labios delgados bajo una gran nariz aguileña. Tenía unas manos horribles, como palas, con las uñas muy cortas y como plantadas de lado, más anchas que largas, e hinchadas como las uñas de un enfermo.

Corrían todos tras él como perros tras un pedazo de hígado. Perdí un poco de mi importancia como proveedor de alcohol, pero me quedaba la guitarra, y además les tenía preparada una exhibición de zapateado que ni se la soñaban. Tenía tiempo, necesitaba un pez gordo, y en la banda de Dexter iba a encontrar sin duda lo que estaba esperando desde que me había puesto a soñar con el chico todas las noches. Creo que le gusté a Dexter. Habría sido más normal que me detestara por mis músculos y mi estatura, y también por mi guitarra, pero todo esto le atraía. Yo tenía todo lo que a él le faltaba. Y él tenía dinero. Estábamos hechos para entendernos. Y además se dio cuenta, desde un principio, de que yo estaba dispuesto a un buen número de cosas. No sospechaba ni remotamente lo que yo quería; no, no llegaba tan lejos; ¿cómo hubiera podido ocurrírsele a él y a los demás no? Lo que sencillamente pensaba, creo, era que con mi ayuda podría preparar unas cuantas orgías particularmente sonadas. Y en este sentido no andaba equivocado.

La ciudad estaba casi al completo, ahora; empezaba a vender libros de ciencias naturales, geología, física y cosas por el estilo. Los de la banda me mandaban a todos sus compañeros. Las chicas eran terribles. Tenían catorce años y ya se las arreglaban para que las toqueteara, y eso que no es nada fácil encontrar un pretexto para que te toqueteen mientras estás comprando un libro... Pero lo conseguían: me hacían palpar sus bíceps para que comprobara el resultado de sus vacaciones, y luego, sin que yo me diera apenas cuenta, pasábamos a los muslos. Se pasaban un poco. Yo procuraba controlar la situación, porque aún me quedaba algún cliente serio. Pero aquellas mocosas estaban a cualquier hora del día calientes como cabras, y tan húmedas que goteaban. Ser profesor de universidad debe de ser un trabajo agotador, si las cosas resultan ya tan fáciles para un humilde librero. Cuando empezaron las clases me dejaron un poco más tranquilo. Venían sólo por las tardes. Lo terrible era que también los chicos me amaban. No eran ni machos ni hembras, aquellos bichos: salvo algunos que eran ya hombres hechos y derechos, a los demás les gustaba tanto como a las chicas ponerse al alcance de mi mano. Y siempre con la dichosa manía de bailar. No recuerdo haber visto a más de cinco juntos sin que empezaran a tararear una estribillo cualquiera y a agitarse siguiendo el compás. Pero eso no me disgustaba: al fin y al cabo, lo habíamos inventado nosotros. Mis inquietudes respecto a mi físico se habían desvanecido casi por completo. Creo que era imposible que alguien sospechara la verdad. Dexter me asustó en una de las últimas ocasiones en que fuimos a bañarnos. Yo estaba haciendo el imbécil, desnudo, con una de las chicas: la lanzaba por los aires haciéndola rodar sobre mis brazos como a una pepona. Dexter a mis espaldas nos observaba, tendido boca abajo. No era un espectáculo agradable, el de aquel mequetrefe con sus cicatrices de punciones en la espalda: había tenido pleuresía en dos ocasiones. Me miraba de abajo arriba, y me dijo:

—Tú no eres como todo el mundo, Lee, tienes los hombros caídos como un boxeador negro.

Solté a la chica y me puse en guardia, y bailé a su alrededor cantando palabras que me iba inventando, y todos se echaron a reír, pero yo estaba molesto. Dexter no se reía. Seguía mirándome.

Aquella noche, me miré en el espejo del cuarto de baño, y me eché a reír a mi vez. Con ese pelo rubio, esa piel rosada y blanca, no corría ningún riesgo. Los iba a joder a todos. Dexter hablaba por pura envidia. Y además, era verdad que yo tenía los hombros caídos. ¿Qué mal había en ello? Pocas veces he dormido tan bien como aquella noche. Dos días más tarde, tendría lugar en casa de Dexter una fiesta que iba a durar todo el fin de semana. Rigurosa etiqueta. Fui a alquilar un esmoquin, y me lo arreglaron en un segundo; el tipo que lo había llevado antes que yo debía de ser más o menos de mi talla, y no me caía nada mal.

Aquella noche volví a pensar en el chico.

5

Cuando entré en casa de Dexter comprendí el porqué de la rigurosa etiqueta: nuestro grupo estaba sumergido en una mayoría de gente «bien». Reconocí a algunas personas enseguida: el doctor, el pastor, y a otros de la misma calaña. Vino a recoger mi sombrero un criado negro, y luego vi a dos más. Dexter me cogió del brazo y me presentó a sus padres. Entonces caí en la cuenta de que era su cumpleaños. Su madre se parecía a él: una mujer bajita, delgada y morena, de ojos feos; su padre era uno de esos hombres a los que dan ganas de asfixiar lentamente con la almohada, por la forma que tienen de ignorarle a uno.

B. J., Judy, Jicky y las demás estaban muy elegantes con sus vestidos de noche. Yo no podía dejar de pensar en sus sexos al ver los remilgos que hacían para tomarse un cóctel o salir a bailar con uno de esos tipos con gafas y aspecto serio. De vez en cuando nos guiñábamos el ojo para no perder el contacto. Aquello era desolador.

Había bebida en cantidad. Hay que reconocer que Dexter sabía cómo recibir a los amigos. Me presenté yo mismo a una o dos chicas para bailar unas cuantas rumbas y bebí, no había otra cosa que hacer. Un buen blues con Judy me puso el corazón a tono: Judy era de entre las chicas la que me tiraba con menos frecuencia. Normalmente, parecía evitarme, y yo no la deseaba más que a otras, pero aquella noche creí que no saldría vivo de entre sus muslos: ¡qué calentura, Dios mío! Quiso llevárseme al dormitorio de Dexter, pero temí que no estuviéramos lo bastante tranquilos y la acompañé a beber, en compensación, y entonces fue como si me pegaran un puñetazo entre los ojos, cuando vi al grupo que acababa de entrar.

Eran tres mujeres —dos jóvenes, la otra de unos cuarenta años— y un hombre —pero de ése no vale la pena hablar—. Supe que por fin había encontrado lo que buscaba. Sí, aquellas dos —y el chico se revolvería de placer en su tumba—. Le apreté el brazo a Judy, y ella debió de creer que la deseaba, porque se acercó a mí. Habría podido acostarme con todas a la vez, después de ver a aquel par de mujeres. Solté a Judy y le acaricié disimuladamente las nalgas, dejando caer el brazo.

—¿Qué hay de esas dos muñecas, Judy?

—Te interesan, ¿eh?, miserable vendedor de catálogos...

—¡Dime! ¿De dónde ha podido sacar Dexter esas preciosidades?

—Son de buena familia. Nada que ver con las *bobbysoxers* de barrio, date cuenta, Lee. ¡Y nada de baños con ellas...!

—¡Qué lástima! A decir verdad, creo que hasta me quedaría con la vieja para conseguir a las otras dos.

—Cálmate, muchacho, no te excites. No son de aquí.

—¿De dónde vienen?

—Prixville. A ciento sesenta kilómetros de aquí. Viejos amigos de papá Dexter.

—¿Las dos?

—Pues ¡claro que sí! Estás atontado, esta noche, querido Joe Louis. Son las dos hermanas, la madre y el padre. Lou Asquith y Jean Asquith, Jean es la rubia. Es la mayor. Lou tiene cinco años menos que ella.

—¿Es decir, dieciséis? —aventuré.

—Quince, Lee Anderson, ya veo que vas a abandonar la banda y a ponerte a trotar tras las niñitas de papá Asquith.

—Eres tonta, Judy. ¿No te tientan?

—Prefiero los hombres. Perdóname, pero esta noche me siento normal. Vamos a bailar, Lee.

—¿Me las presentarás?
—Pídeselo a Dexter.
—O. K. —dije.
Bailé con ella los dos últimos compases del disco que estaba terminando y la planté allí. Dexter discutía la jugada al otro extremo del vestíbulo con una fulana cualquiera. Le interrumpí:
—Eh, Dexter...
—¿Sí?
Se volvió hacia mí. Había un viso de burla en su mirada, pero me importaba un carajo.
—Esas chicas... Asquith, me parece... Preséntamelas.
—Cómo no, amigo mío. Acompáñame.
De cerca estaban aún mejor de lo que me habían parecido desde el bar. Eran sensacionales. Les dije no sé qué e invité a la morena, Lou, a bailar el *slow* que el pinchadiscos acababa de encontrar en el montón. ¡Dios mío! Daba gracias al cielo y al tipo que se había mandado hacer el esmoquin de mi talla. La ceñí a mí un poco más de lo que se acostumbra, pero de todos modos no me atrevía a pegarme a su cuerpo como nos pegábamos unos con otros, cuando nos apetecía, los de la banda. Se había perfumado con algo complicado, seguramente muy caro: diría que un perfume francés. Tenía el pelo negro recogido hacia un lado de la cabeza, y ojos amarillos de gato salvaje en una pálida cara triangular; y su cuerpo... Mejor no pensar en él. Su vestido se sostenía solo, no sé cómo, porque no había nada de donde colgara, ni en la espalda ni alrededor del cuello, nada, sólo sus pechos, pero, todo hay que decirlo, unos pechos tan duros y agudos como aquéllos habrían podido aguantar el peso de dos docenas de vestidos como el que llevaba. La desplacé un poco hacia la derecha, y por la abertura de mi esmoquin sentía el pezón a través de mi camisa de seda, contra mi pecho. A las demás se les notaba el reborde de las bragas a través de la tela, a la altura de los muslos, pero ésta debía de arreglarse de otra forma, porque su línea, de los hombros a los tobillos, era tan re-

gular como un chorro de leche. A pesar de todo, me animé a dirigirle la palabra. Lo hice tan pronto como recobré el aliento.

—¿Cómo es que no se deja ver nunca por aquí?

—Sí que me dejo ver. La prueba es que estoy aquí.

Se echó un poco hacia atrás para mirarme. Era bastante más alto que ella.

—Quiero decir, por la ciudad...

—Me vería si viniera usted a Prixville.

—Entonces me parece que me voy a buscar una casa en Prixville.

Dudé un poco antes de soltarle esto. No quería precipitarme, pero con esta clase de chicas nunca se sabe. Hay que correr el riesgo. No pareció emocionarle. Sonrió un poco, pero su mirada se mantenía fría.

—Ni aun así podría tener la seguridad de verme...

—Me imagino que debe de haber no pocos aficionados...

Decididamente, me lancé a lo bestia. Ninguna persona de mirada fría se viste de esa forma.

—¡Oh! —exclamó—. No hay mucha gente interesante, en Prixville.

—Menos mal —dije yo—. Así que tengo posibilidades...

—No sé si es usted interesante.

Chúpate ésa. La verdad es que me lo había buscado. Pero no iba a ceder tan fácilmente.

—¿Qué es lo que le interesa?

—Usted no está mal. Pero una puede equivocarse. Y además, no le conozco.

—Soy amigo de Dexter, de Dick Page y demás.

—A Dick le conozco. Pero Dexter es un tipo curioso...

—Tiene demasiado dinero para ser curioso de verdad —repliqué.

—Entonces mi familia no le gustaría a usted nada. Sabe, nosotros también tenemos algún dinero...

—Se huele... —dije, acercando la cara a sus cabellos.

Sonrió otra vez.

—¿Le gusta mi perfume?

—Me encanta.

—Qué raro. Habría jurado que usted prefería el olor de los caballos, de la grasa de armas y del linimento.

—No me encasille tan aprisa... —me defendí—. No es culpa mía si estoy hecho así y no tengo cara de querubín.

—Los querubines me horrorizan. Pero me horrorizan aún más los hombres aficionados a los caballos.

—En mi vida me he acercado, ni poco ni mucho, a uno de esos volátiles —dije—. ¿Cuándo puedo volver a verla?

—¡Oh! No me he marchado aún. Tiene usted toda la noche por delante.

—No es bastante.

—Depende de usted.

Y así me dejó, porque la pieza acababa de terminar. La miré deslizarse por entre las parejas, y se volvió para reírse de mí, pero no era una risa desalentadora. Tenía una silueta capaz de despertar a un miembro del Congreso.

Volví al bar, donde encontré a Dick y a Jicky, que estaban degustando un martini. Tenían aspecto de aburrirse en cantidad.

—Dick —le dije—, te ríes demasiado. Se te va a deformar el careto...

—¿Todo bien, caballero de la larga melena? —preguntó Jicky—. ¿Qué has estado haciendo? ¿El *shag* con una negraza? ¿O cazabas pájaros de lujo?

—Pese a mi larga melena —repliqué—, no está nada mal el *swing* que me estoy empezando a marcar. Vámonos de una vez de aquí con unas cuantas personas simpáticas y os demostraré lo que sé hacer.

—Te refieres a personas simpáticas con ojos de gato y vestidos sin tirantes, ¿no?

—Jicky, querida —dije, acercándome a ella y cogiéndola por las muñecas—, no irás a reprocharme que me gusten las chicas bonitas...

La estreché contra mí, mirándola fijamente a los ojos. Se reía a mandíbula batiente.

—Te aburres, Lee. ¿Ya te has hartado de la banda? Después de todo, ya sabes que yo también soy un buen partido; mi padre gana por lo menos veinte mil al año...

—Pero ¿es que os divertís, aquí? Yo me aburro de mala manera. Cojamos unas cuantas botellas y vámonos a otra parte. Aquí se ahoga uno, con esos malditos perifollos azul marino...

—¿Y te parece que a Dexter le va a gustar?

—Me imagino que Dexter tiene otras cosas que hacer más importantes que ocuparse de nosotros.

—¿Y tus bellezas? ¿Te crees que van a venir así como así?

—Dick las conoce... —afirmé, lanzándole una mirada de complicidad.

Dick, menos atontado que de costumbre, se dio una palmada en el muslo.

—Lee, eres un duro de verdad. Nunca pierdes el norte.

—Creía que era un simple melenudo.

—Será una peluca.

—Búscame a estas dos criaturas —le dije—, y tráemelas por aquí. O, mejor, intenta meterlas en mi coche, o en el tuyo, como prefieras...

—Pero ¿con qué pretexto?

—¡Oh, Dick, seguro que tienes montones de recuerdos de la infancia que evocar con nuestras damiselas...!

Se marchó, desanimado, riéndose. Jicky nos escuchaba y se burlaba de mí. Le hice una señal y se acercó.

—Eh, tú, tendrías que buscar a Bill y a Judy y conseguir siete u ocho botellas —le dije.

—¿Adónde vamos?

—¿Adónde podemos ir?

—Mis padres no están en casa... —dijo Jicky—. Sólo mi hermano pequeño. Pero estará durmiendo. Vayamos a mi casa.

—Eres una joya, Jicky. Palabra de indio.

Bajó la voz.

—¿Me lo harás?

—¿El qué?

—¿Me lo harás, Lee?

—¡Oh! Claro que sí —le aseguré.

Pese a que estaba más que acostumbrado a Jicky, habría podido hacérselo allí mismo. Era excitante, verla con vestido largo, la ola de sus cabellos lisos a lo largo de su mejilla izquierda, sus ojos un poco rasgados, su boca ingenua. Respiraba más aprisa y sus mejillas se habían sonrosado.

—Es una tontería, Lee... Ya sé que lo hacemos sin parar. Pero ¡me gusta!

—Claro que sí, Jicky —le dije, acariciándole el hombro—. Lo haremos más de una vez antes de morirnos...

Me cogió la muñeca y me la apretó con fuerza, y luego se marchó sin que yo pudiera retenerla. Habría querido decírselo en ese momento, decirle lo que yo era; me habría gustado, para ver qué cara ponía..., pero Jicky no era presa adecuada para lo que yo pretendía. Me sentía tan fuerte como John Henry, y no tenía ningún miedo de que me fallara el corazón.

Volví a la barra y le pedí un martini doble al tipo que había detrás. Lo apuré de un trago y me dispuse a trabajar un poco para ayudar a Dick.

La mayor de las Asquith apareció donde estábamos. Charlaba con Dexter. Éste me gustaba aún menos que de costumbre con su mechón negro sobre la frente. El esmoquin le caía realmente bien. Enfundado en él, hasta parecía robusto, y con su piel bronceada y su camisa blanca daba bastante el tipo «Pase sus vacaciones en el Splendid de Miami».

Me acerqué a ellos con todo mi aplomo.

—Dime, Dex —le pregunté—. ¿Me matarás si invito a miss Asquith a bailar este *slow*?

—Eres demasiado fuerte para mí, Lee —respondió Dexter—. No voy a pelearme contigo.

Creo que en realidad le importaba un bledo, pero siempre era difícil adivinar lo que el tono de voz de aquel muchacho podía querer decir. Mis brazos ceñían ya a Jean Asquith.

Me parece que, de todos modos, prefería a su hermana Lou. Pero nunca habría pensado que se llevaran cinco años. Jean Asquith era casi tan alta como yo. Medía por lo menos medio palmo más que Lou. Llevaba un vestido de dos piezas de una cosa transparente de color negro, con siete u ocho espesores en la falda, y con un sostén lleno de arabescos, pero que ocupaba un lugar verdaderamente mínimo. Su piel era de color de ámbar, con pecas en los hombros y en las sienes, y llevaba el pelo muy corto y rizado, lo que hacía más redonda su cabeza. También su cara era más redonda que la de Lou.

—¿Encuentra divertida la fiesta? —pregunté.

—Estos *parties* siempre son iguales. Y éste no es peor que los otros.

—En este momento —dije—, lo prefiero a cualquier otro.

Sabía bailar la chica. Yo no tenía que hacer ningún esfuerzo. Y no me suponía ningún problema tenerla más cerca que a su hermana, porque con ella podía hablar sin que mirara desde abajo. Descansaba su mejilla contra la mía; bajando la vista, yo tenía ante mí el panorama de una oreja delicada, de su curioso pelo corto, de la redondez de su hombro. Olía a salvia y a hierbas silvestres.

—¿Qué perfume usa usted? —proseguí, ya que ella no me contestaba.

—Jamás me perfumo —me contestó.

Resolví no insistir en este tipo de conversación y arriesgar el todo por el todo.

—¿Qué le parece si nos fuéramos a un lugar donde nos divertiríamos de verdad?

—¿Es decir?

Hablaba con voz indolente, sin levantar la cabeza, y lo que decía parecía proceder de detrás de mí.

—Es decir, un lugar en el que se pueda beber lo suficiente, fumar lo suficiente y bailar con suficiente espacio.

—Sería un buen cambio —dijo ella—. Esto me recuerda más una danza tribal que otra cosa.

De hecho, hacía como cinco minutos que no lográbamos cambiar de sitio, dábamos pasitos siguiendo el compás, sin avanzar ni retroceder. Relajé mi abrazo y, sin dejar de enlazarla por la cintura, la guié hacia la salida.

—Venga, pues. La llevo a casa de unos amigos.

—¡Oh! Me gustaría... —contestó

Me volví hacia ella en el momento en que me contestaba, y recibí su aliento en pleno rostro. Que Dios me perdone si no se había tomado por lo menos media botella de gin.

—¿Quiénes son esos amigos suyos?

—Oh, gente encantadora —le aseguré.

Cruzamos el vestíbulo sin tropiezos. No me tomé la molestia de ir a buscar su capa. El aire era cálido y estaba perfumado por el jazmín del porche.

—En el fondo —observó Jean Asquith deteniéndose al llegar a la puerta—, no le conozco a usted de nada.

—¡Claro que sí! —respondí, arrastrándola hacia la salida—. Soy su viejo amigo Lee Anderson.

Se echó a reír, dejándose caer hacia atrás.

—Claro que sí, Lee Anderson... Ven, Lee... Nos están esperando.

Me costó trabajo seguirla. Bajó los cinco escalones en un santiamén; yo la alcancé diez metros más adelante.

—¡Eh! ¡No tan deprisa!

La tomé del brazo.

—El coche está allí.

Judy y Bill me esperaban en el Nash.

—Tenemos líquido —me sopló Judy—. Dick va delante con los demás.

—¿Lou Asquith? —murmuré.

—Sí, don Juan. También Lou Asquith. En marcha.

Jean Asquith, con la cabeza reclinada en el respaldo del asiento delantero, le tendía a Bill una mano sin fuerza.

—*Hello!* ¿Cómo está usted? ¿Llueve?

—¡Seguro que no! —respondió Bill—. El barómetro anuncia una depresión de dieciocho pies de mercurio, pero es para mañana.

—¡Oh! —dijo Jean—, el coche no logrará subir tan arriba!

—No hables mal de mi Duesenberg —protesté—. ¿No tienes frío?

Me incliné para buscar una hipotética manta, y le levanté la falda hasta la rodilla, como quien no quiere la cosa, enganchándola con uno de los botones de mi manga. ¡Cristo, qué piernas...!

—Me estoy achicharrando de calor —aseguró Jean con voz incierta.

Embragué y seguí al coche de Dick, que acababa de arrancar por delante. Había una fila de coches de todo tipo frente a la casa de Dexter, y de buena gana habría cogido uno a cambio de mi viejo Nash. Pero sin coche nuevo lo iba a conseguir igual.

Jicky vivía no muy lejos, en una casa estilo Virginia. El jardín, rodeado de un seto de arbustos bastante altos, se distinguía de los de la zona.

Vi que la luz roja del coche de Dick se detenía y luego se apagaba, y se encendieron las luces de posición; me detuve a mi vez y oí cómo se cerraba de golpe la puerta del roadster. Salieron de él cuatro personas, Dick, Jicky, Lou y otro tipo. Lo reconocí por su manera de subir las escaleras de la casa. Era el pequeño Nicholas. Dick y él llevaban dos botellas cada uno, y lo mismo Judy y Bill. Jean Asquith no daba ninguna señal de querer bajarse del Nash, así que di la vuelta al coche. Abrí su puerta y deslicé un brazo por debajo de sus rodillas y otro por la nuca. Jean llevaba una buena cogorza. Judy se detuvo a mi espalda.

—Lee, tu dulce amiga está *groggy*. ¿Has boxeado con ella?

—No sé si he sido yo o el gin que se ha bebido —gruñí—, pero esto no tiene nada que ver con el sueño de la inocencia.

—Es el momento de aprovecharse, querido, adelante.

—Déjate de tonterías. Es demasiado fácil con una mujer borracha.

—¡Eh, vosotros!

Era la dulce voz de Jean. Acababa de despertarse.

—¿Queréis hacerme el favor de dejar de pasearme por los aires?

Me di cuenta de que estaba a punto de vomitar y me precipité al jardín de Jicky. Judy cerró la puerta y yo sostuve la cabeza de Jean mientras ella desembuchaba. Un trabajo limpio. No sacaba más que gin puro. Y pesaba más que un caballo. Se abandonaba del todo. La sostuve con una sola mano.

—Súbeme la manga —le susurré a Judy.

Me arremangó el esmoquin, y cambié de lado para aguantar a la mayor de las Asquith.

—Está bien —dijo Judy cuando hubo terminado la operación—. Ya te la vigilo. No te des prisa.

Mientras, Bill se había largado con las botellas.

—¿Dónde hay agua, por aquí? —le pregunté a Judy.

—En la casa. Ven, podemos pasar por detrás.

La seguí por el jardín arrastrando a Jean, que tropezaba a cada paso con la gravilla del camino. ¡Dios mío, lo que pesaba esa chica! Tenía con qué entretener mis manos. Judy me precedió en la escalera y me condujo hacia el primer piso. Los otros estaban ya armando jaleo en el salón, cuya puerta cerrada amortiguaba afortunadamente sus gritos. Subí a tientas en la oscuridad, guiándome por la mancha clara que era Judy. Al llegar arriba consiguió encontrar un interruptor, y entré en el cuarto de baño. Había una alfombra de goma espuma frente a la bañera.

—Échala ahí encima —dijo Judy.

—Nada de bromas. Quítale la falda.

Accionó la cremallera y la libró de la prenda en un abrir y cerrar de ojos. Le enrolló las medias hasta los tobillos. A decir verdad, yo no supe lo que era una mujer bien hecha hasta que vi a Jean Asquith desnuda, tendida en la alfombra del baño. Era un sueño. Había cerrado los ojos y babeaba un poco. Le limpié la boca con un pañuelo. No por ella, sino por mí. Judy revolvía en el botiquín.

—He encontrado lo que necesita, Lee. Que se beba esto.

—No puede beber nada ahora. Duerme. Ya no tiene nada en el estómago.

—Entonces, adelante, Lee. No te preocupes por mí. Puede que cuando se despierte ya no le interese.

—Le das fuerte, ¿eh, Judy?

—¿Te molesta que esté vestida?

Se dirigió a la puerta y la cerró con llave. Luego se quitó el vestido y el sostén. Le quedaron sólo las medias.

—Toda para ti, Lee.

Se sentó al borde de la bañera, con las piernas separadas, y me miró. Yo ya no podía esperar. Me desprendí de todos mis trapos.

—Pégate a ella, Lee. Date prisa.

—Judy —le dije—, eres una guarra.

—¿Por qué? Me divierte verte con esa chica. Venga, Lee, venga ya...

Me dejé caer sobre la muchacha, pero esa maldita Judy me había cortado el aliento. El asunto no funcionaba. Me quedé de rodillas, con ella entre mis piernas. Judy se acercó. Sentí su mano que me guiaba al lugar indicado. Y no retiró la mano. Estuve a punto de chillar, de tan excitado como me encontraba. Jean Asquith permanecía inmóvil, y cuando la miré vi que seguía babeando. Abrió los ojos un poco, luego los volvió a cerrar, y entonces sentí que empezaba a moverse un poco, a mover las caderas, y Judy seguía mientras tanto, y con la otra mano también me acariciaba los bajos.

Luego Judy se levantó. Noté que caminaba por la habitación, y entonces se apagó la luz. Al final no se atrevía a hacerlo todo a plena luz. Regresó, y pensé que volvía a empezar, pero se inclinó sobre mí y me palpó. Yo seguía en mi lugar, y ella se tendió boca abajo sobre mi espalda, pero en sentido contrario, y ahora en vez de su mano era su boca.

6

Al cabo de una hora conseguí darme cuenta, pese a todo, de que los demás iban a extrañarse de nuestra ausencia, y logré librarme de las dos chicas. No sabría decir en qué lugar de la habitación nos encontrábamos. La cabeza me daba vueltas, y me dolía la espalda. Tenía rasguños en las caderas, donde las uñas de Jean Asquith me habían herido, sin piedad. Me arrastré hasta la pared, y allí me orienté y pude dar con el interruptor. Judy seguía moviéndose. Al abrir la luz la vi sentada en el suelo frotándose los ojos. Jean Asquith estaba tendida boca abajo en la alfombra de espuma, con la cabeza entre los brazos, parecía dormir. ¡Dios mío, qué caderas las de esa chica! Me puse a escape la camisa y los pantalones. Judy se acicalaba frente al espejo. Luego cogí la toalla y la mojé en agua. Levanté la cabeza de Jean Asquith para despertarla —tenía los ojos bien abiertos— y, puedo jurarlo, se estaba riendo. La así por la cintura y la senté en el borde de la bañera.

—Una buena ducha te iría bien.

—Estoy demasiado cansada... —respondió ella—. Creo que he bebido un poco.

—Yo también lo creo —dijo Judy.

—¡Oh! ¡No tanto! —dije yo—. Lo que necesitabas sobre todo era dormir un poco.

Entonces se levantó y se colgó de mi cuello, y también sabía besar. Me separé suavemente de ella y la metí en la bañera.

—Cierra los ojos y echa la cabeza hacia atrás.

Abrí los grifos del mezclador y recibió el chorro de la ducha. Bajo el agua tibia, su cuerpo se tendía, y yo veía sus pezones que se hacían más oscuros y se endurecían poco a poco.

—Me está sentando muy bien...

Judy se estaba subiendo las medias.

—Daos prisa, vosotros. Si bajamos enseguida, quizá encontremos algo de beber.

Cogí el albornoz. Jean cerró los grifos y la envolví en la tela esponjosa. Estoy seguro de que le gustaba.

—¿Dónde estamos? —pregunto—. ¿En casa de Dexter?

—No, en la de otros amigos —respondí—. En casa de Dexter era muy aburrido.

—Me parece muy bien que me hayas traído aquí. Aquí se está mejor.

Estaba ya seca del todo. Le tendí su vestido de dos piezas.

—Ponte esto. Arréglate un poco y ven.

Me dirigí a la puerta. La abrí para dejar paso a Judy, que salió zumbando escaleras abajo. Yo me disponía a seguirla.

—Espérame, Lee...

Jean se había vuelto hacia mí para que le abrochara el sostén. La mordí con cuidado en la nuca. Ella echó la cabeza hacia atrás.

—¿Volverás a acostarte conmigo?

—Con mucho gusto —le aseguré—. Cuanto tú quieras.

—¿Ahora mismo?

—Tu hermana te estará buscando.

—¿Lou está aquí?

—¡Pues claro!

—¡Oh! Qué bien —dijo Jean—, así podré vigilarla.

—Me parece que le será muy útil que la vigiles —afirmé.

—¿Qué opinas de Lou?

—Con ella también me gustaría acostarme —le contesté.

Se rió de nuevo.

—A mí me parece fantástica. Quisiera ser como ella. Si la vieras desnuda...

—No pido otra cosa —dije yo.

—Eres un perfecto maleducado...

—Usted me perdonará, pero no tuve tiempo de aprender buenos modales.

—Me encantan tus modales —dijo, acariciándome con la mirada.

Le ceñí la cintura con el brazo y la llevé a la puerta.

—Es hora de que bajemos.

—Tu voz también me gusta.

—Vamos.

—¿Quieres casarte conmigo?

—No digas tonterías.

Empecé a bajar las escaleras.

—No es ninguna tontería. Ahora tienes que casarte conmigo.

Parecía perfectamente tranquila y segura de lo que decía.

—No puedo.

—¿Por qué?

—Creo que me gusta más tu hermana.

Se rió otra vez.

—¡Lee, eres adorable...!

—Muchas gracias —dije yo.

Los demás estaban en el salón, en pleno jolgorio. Empujé la puerta y dejé pasar a Jean. Nuestra llegada fue saludada por un concierto de gruñidos. Habían abierto unas cuantas latas de pollo en gelatina y comían como cerdos. Bill, Dick y Nicholas estaban en mangas de camisa y recubiertos de salsa. Lou llevaba una enorme mancha de mayonesa en el vestido, de arriba abajo. En cuando a Judy y a Jicky, se estaban atiborrando con desparpajo. Había cinco botellas en trance de desaparecer.

La radio, en sordina, daba un concierto de música bailable.

Al ver el pollo, Jean Asquith lanzó un grito de guerra, se apoderó, agarrándolo con ambas manos, del trozo más grande, y le hincó el diente sin más contemplaciones. Me instalé a mi vez y me serví.

Decididamente, no podía haber esperado un principio mejor.

7

A las tres de la madrugada llamó Dexter. Jean seguía esforzándose para coronar una segunda cogorza, más lograda aún que la primera, ocasión que aproveché para dejarla con Nicholas. Me pegué a su hermana, y la hice beber tanto como pude; pero no se dejaba engañar, y me obligaba a emplear toda mi astucia. Dexter nos advirtió que los viejos Asquith empezaban a extrañarse por la ausencia de sus hijas. Le pregunté cómo había averiguado nuestro lugar de reunión, y por poco se muere de risa al otro extremo del hilo. Le expliqué por qué nos habíamos marchado.

—No te preocupes por mí, Lee —me dijo—. Ya sé que en mi casa no había nada bueno que hacer. Demasiada gente seria.

—Vente con nosotros, Dex —le ofrecí.

—¿Ya no os queda nada de bebida?

—No —dije yo—. Pero no es eso, aquí se te refrescarían un poco las ideas.

Como siempre, Dexter intentaba herirme, y, como siempre, lo hacía con un tono completamente inocente.

—No puedo dejar esto —se disculpó—. Si no, iría. ¿Y qué les digo a los padres?

—Diles que les devolveremos a las niñas a domicilio.

—No sé si eso les va a gustar, Lee, ya sabes...

—Ya son bastante mayorcitas como para apañárselas solas. Arréglame el asunto, Dexter, colega, cuento contigo.

—O. K., Lee, intentaré arreglarlo. Hasta la vista.

—Hasta la vista.

Colgó. Yo hice lo mismo y regresé a mis ocupaciones. Jicky y Bill iniciaban unos pequeños ejercicios no aptos para señoritas de buena familia, y tenía ganas de ver cómo reaccionaba Lou. Empezó a beber un poco, por fin. Pero el espectáculo no parecía impresionarla, ni cuando Bill se puso a desabrochar el vestido de Jicky.

—¿Qué te sirvo?

—Whisky.

—Termínatelo de prisa y nos vamos a bailar.

La agarré por la muñeca con la intención de llevarla a otra habitación.

—¿A qué vamos allí?

—Aquí hay demasiado ruido.

Me seguía dócilmente. Se sentó en el sofá a mi lado, sin rechistar, pero cuando le puse una mano encima recibí uno de esos sopapos que un hombre recuerda toda su vida. Me encolericé terriblemente, pero conseguí no perder la sonrisa.

—Las zarpas quietas —dijo Lou.

—Exageras un poco, ¿no?

—No he sido yo la que he empezado.

—¿Y eso qué tiene que ver? ¿Te creías que estábamos en una reunión de la escuela dominical? ¿O que habíamos venido aquí a jugar al bingo?

—No tengo ningunas ganas de ser el primer premio.

—Lo quieras o no, eres el primer premio.

—Estás pensando en la pasta de mi padre.

—No —dije yo—. Estoy pensando en esto.

La tumbé en el sofá y le rasgué la parte delantera del vestido. Se revolcó como un hermoso diablillo. De la seda clara asomaron sus senos.

—¡Déjame! Eres un bestia.

—Nada de eso —repliqué—. Soy un hombre.

—Me das asco —luchaba por zafarse—. ¿Qué has hecho durante todo el rato que has estado arriba con Jean?

—Pero si no he hecho nada —protesté—. Sabes perfectamente que Judy estaba con nosotros.

—Lee Anderson, estoy empezando a adivinar a qué se dedica tu banda, y con qué clase de gente te haces.

—Lou, te juro que no he tocado a tu hermana si no es para serenarla.

—Mientes. No has visto la cara que ponía cuando ha bajado.

—Palabra, ¡juraría que estás celosa!

Me miró estupefacta.

—Pero... ¿qué dices...? ¿Qué te has creído?

—¿Te parece que si hubiera... tocado a tu hermana, tendría realmente las ganas que tengo de ocuparme de ti?

—¡Mi hermana no está mejor que yo!

Seguía sujetándola sobre el diván. Había dejado de revolverse. Su pecho se agitaba con violencia. Me incliné sobre ella y le besé los senos, largamente, primero el uno y después el otro, acariciando los pezones con la lengua. Luego me levanté.

—No, Lou —dije—. Tu hermana no está mejor que tú.

La solté y salté hacia atrás, porque esperaba una reacción violenta. Entonces, se volvió y se echó a llorar.

8

Luego volví a mi trabajo de todos los días. Había echado el anzuelo, ahora era cuestión de esperar y dejar que las cosas llegaran por sí mismas. En realidad estaba seguro de que volvería a verlas. No creía que Jean pudiera olvidarme, después de haberle visto los ojos como se los vi, y en cuanto a Lou, bueno, confiaba un poco en su edad y también en lo que le había dicho y hecho en casa de Jicky.

A la semana siguiente recibí un cargamento de libros nuevos, que me anunciaron el fin del otoño y la inmediatez del invierno; seguía saliendo del paso y ahorrando además unos cuantos dólares. Tenía ya una cantidad considerable. Una miseria, pero me bastaba. Tuve que afrontar algunos gastos. Me compré ropa e hice arreglar el coche. Algunas veces sustituía al guitarrista de la única orquesta potable que había en la ciudad, la que tocaba en el Stork Club. Creo que este Stork Club no debía de tener nada que ver con el otro, el de Nueva York, pero los jovencitos con gafas iban a gusto allí a acompañar a las hijas de los agentes de seguros, y de los representantes de tractores de la zona. Así ganaba algún dinero extra, y además vendía libros a la gente que conocía allí. Los de la banda también iban alguna vez. Seguía viéndolos con frecuencia, y seguía acostándome con Judy y con Jicky. No había forma de librarse de Jicky. Pero era una suerte tener a esas dos chicas, porque así me mantenía en una forma extraordinaria. Además de esto, practicaba atletismo, y se me estaba desarrollando una musculatura de boxeador.

Y entonces, una noche, una semana después de la velada en casa de Dex, recibí una carta de Tom. Me pedía que fuera lo más pronto posible. Aproveché el sábado para irme al pueblo. Sabía que si Tom me escribía era por algo, y no creía que fuera por nada agradable.

Los tipos esos, durante las elecciones, habían falseado los resultados por orden del senador Balbo, la peor alimaña que se pueda encontrar en todo el país. Desde que los negros tenían derecho a votar, multiplicaba las provocaciones. Había hecho tanto, y lo había hecho tan bien, que dos días antes de la votación sus hombres dispersaban las reuniones de los negros dejando un par de cadáveres tras ellos.

Mi hermano, en calidad de profesor de la escuela negra, había expresado públicamente su protesta y había mandado una carta al senador, y al día siguiente lo molieron a golpes. Me escribía para que fuera a buscarle con el coche; quería irse del pueblo.

Me esperaba en casa, solo en la habitación a oscuras: estaba sentado en una silla. Verle con los hombros caídos y con la cabeza entre las manos me dolió, y sentí cólera en la sangre, mi buena sangre negra, que hervía en mis venas y me zumbaba en los oídos. Se levantó y me cogió por los hombros. Tenía la boca tumefacta y hablaba con dificultad. Quise darle una palmada para consolarle, pero detuvo mí gesto.

—Me han dado latigazos —me dijo.

—¿Quién?

—Los hombres de Balbo y el hijo de Moran.

—¡Otra vez ése...!

Se me cerraban los puños sin querer. Una cólera seca me invadía poco a poco.

—¿Quieres que nos lo carguemos, Tom?

—No, Lee. No podemos. Sería el final. Tú aún tienes una posibilidad, no estás marcado.

—Pero tú vales más que yo, Tom.

—Mira mis manos, Lee. Mírame las uñas. Mira mi pelo y mis labios. Soy negro, Lee. No puedo librarme de mi destino. Pero tú...

Se interrumpió para mirarme. El tipo me quería de verdad.

—Tú, Lee, tienes que triunfar. Dios te ayudará a triunfar. Te ayudará, Lee.

—A Dios no le importa un bledo.

Sonrió. Sabía lo poco convencido que yo estaba.

—Lee, te marchaste de aquí demasiado joven, y has perdido la fe, pero Dios te perdonará cuando llegue el momento. De quienes hay que huir es de los hombres. No de Él; a Él tienes que ir con las manos y el corazón bien abiertos.

—¿Adónde vas a ir, Tom? ¿Necesitas dinero?

—Tengo dinero, Lee. Lo único que quería es estar contigo cuando dejara la casa. Quiero...

Se detuvo. Las palabras salían a duras penas de su boca deforme.

—Quiero quemar la casa, Lee. La construyó nuestro padre, a quien debemos lo que somos. Era casi blanco, sí, pero nunca soñó siquiera en renegar de su raza, acuérdate bien. Nuestro hermano ha muerto, y nadie debe apoderarse de la casa que nuestro padre construyó con sus dos manos de negro.

Yo no tenía nada que decir. Ayudé a Tom a hacer el equipaje y a meterlo en el Nash. La casa, bastante aislada, se encontraba a un extremo del pueblo. Dejé que Tom terminara; mientras, fui colocando los bultos de modo que el peso estuviera bien repartido.

Tom volvió al cabo de unos minutos.

—Vámonos —me dijo—, vámonos, ya que aún no ha llegado el tiempo en que sobre esta tierra reine la justicia para los hombres negros.

En la cocina parpadeaba una lucecilla roja, que de repente se hizo enorme. Se oyó la explosión sorda de un bidón de gasolina, y la luz alcanzó la ventana de la habitación contigua. Y entonces una larga llama perforó el techo de madera, y el viento atizó el incendio. El resplandor bailaba a nuestro alrededor, y la cara de Tom, a la luz roja, brillaba de sudor. Por sus mejillas se deslizaban dos grandes lágrimas. Entonces me puso una mano en el hombro y nos volvimos para marcharnos.

Yo, de Tom, habría vendido la casa; con dinero se les podía causar algún problema a los Moran, quizá hasta hundir a uno de los tres, pero no quise impedir que Tom llevara a cabo su propósito. Yo también cumpliría con el mío. A Tom le quedaban en la cabeza demasiados prejuicios de bondad y divinidad. Era demasiado honesto Tom, y eso acabaría por perderle. Creía que haciendo el bien se cosechaba el bien, y en cambio esto sólo ocurre por casualidad. Lo único que importaba era vengarse, y vengarse de la manera más implacable posible. Me acordaba del chico, que era aún más blanco que yo, si cabe. Y de nada le sirvió cuando el padre de Anne Moran se enteró de que le gustaba su hija, y de que salían juntos, pero el chico no había salido nunca del pueblo; yo, en cambio, llevaba más de diez años fuera, y el contacto con gente que no conocía mi origen me había hecho perder esa humildad abyecta que nos han inculcado poco a poco, como un reflejo, esa odiosa humildad que ponía palabras de piedad en los labios desgarrados de Tom, ese terror que incita a nuestros hermanos a esconderse cuando oyen que se acerca el hombre blanco; pero yo sabía perfectamente que si le usurpábamos el color de la piel lo teníamos a nuestra merced, porque el blanco habla por los codos y se traiciona ante los que cree sus semejantes. Con Bill, con Dick, con Judy, ya les había ganado varios puntos. Pero decirles a éstos que un negro les había tomado el pelo de poco me servía. Con Lou y Jean Asquith me vengaría de Moran y de todos los demás. Dos por uno, y a mí no se me iban a cargar como se habían cargado a mi hermano.

Tom estaba medio dormido, sentado a mi lado en el coche. Aceleré. Tenía que llevarle hasta el cruce de Murchison Junction; allí cogería el rápido hacia el norte: Había decidido irse a Nueva York. Era un buen tipo ese Tom. Un buen tipo demasiado sentimental. Demasiado humilde.

9

Regresé a la ciudad a la mañana siguiente y me puse a trabajar sin haber dormido. No tenía sueño. Seguía estando a la espera. Lo que tenía que llegar llegó hacia las once bajo la forma de una llamada telefónica. Jean Asquith nos invitaba, a mí, a Dex y a otros amigos, a pasar el fin de semana en su casa. Acepté con naturalidad, sin ninguna prisa.

—Intentaré librarme de mis compromisos...

—Procura venir —me dijo, desde el otro extremo del hilo.

—No me dirás que vas tan escasa de hombres —me burlé—. O, si así es, debes de vivir en el último rincón del mundo.

—Los hombres de por aquí no saben cómo tratar a una mujer que se ha tomado unas cuantas copas de más.

Me quedé seco, y ella se dio cuenta, porque oí cómo se reía.

—Ven, de verdad que tengo ganas de verte, Lee Anderson. Y a Lou le va a gustar...

—Dale un beso de mi parte, y dile que te dé uno a ti, también de mi parte.

Volví al curro con redoblado ánimo. Rebosaba de satisfacción. Por la noche me fui a ver a la banda en el drugstore y me llevé a Judy y a Jicky en el Nash. No es que sea muy cómodo un coche, pero siempre se encuentran aspectos inéditos. Y dormí bien una noche más.

Para completar mi guardarropa, fui a comprarme al día siguiente una especie de neceser y un maletín, un par de pijamas y otras cosillas que para aquella gente no tenían ninguna importancia, pero que yo sabía que eran indispensables para no parecer un pordiosero.

El jueves por la tarde estaba terminando de poner al día la caja y de rellenar las consabidas hojas cuando, serían las cinco y media, vi el coche de Dexter que se detenía frente a la puerta. Fui a abrir, porque ya había cerrado la tienda, y le hice pasar.

—Hola, Lee —me dijo—. ¿Qué tal marcha el negocio?

—No está mal, Dex. ¿Y tus estudios?

—¡Oh! Se hace lo que se puede. Ya sabes, me falta un poco de afición por el béisbol y el hockey para llegar a ser un buen estudiante.

—¿Qué te trae por aquí?

—Venía a buscarte para ir a cenar juntos y para llevarte luego a que degustes una de mis distracciones favoritas.

—De acuerdo, Dex. Dame cinco minutos.

—Te espero en el coche.

Metí las hojas y el dinero en la caja, bajé la persiana metálica, cogí la chaqueta y salí por la puerta trasera. Hacía un tiempo asqueroso, pesado, demasiado cálido para lo avanzado de la estación. El aire era húmedo y viscoso, y las cosas se te quedaban pegadas en los dedos.

—¿Me llevo la guitarra? —le pregunté a Dex.

—No hace falta. Esta noche ya me encargo yo de las distracciones.

—Adelante, pues.

Me instalé en el asiento delantero, a su lado. Su Packard era todo un coche, no como mi Nash, pero el chaval no sabía conducir. Para llegar a calar el motor de un Clipper en un reprise se necesita ser un patoso.

—¿Adónde me llevas, Dex?

—Primero vamos a cenar al Stork y luego te llevo a donde vamos.

—El sábado vas a casa de las Asquith, me han dicho.

—Sí. Si quieres, paso a buscarte.

Era la manera de no presentarme con el Nash. Con Dexter como garante me sentía mucho más tranquilo.

—Gracias. Acepto.

—¿Sabes jugar al golf, Lee?

—No lo he probado más que una vez en mi vida.

—¿Tienes equipo y palos?

—¡Qué va! ¿Me tomas por un káiser?

—Las Asquith tienen un campo de golf. Te aconsejo que digas que el médico te ha prohibido jugar.

—Como si se lo fueran a creer... —refunfuñé.

—¿Y el bridge?

—¡Oh! Bastante bien.

—¿Juegas bien?

—Bastante bien.

—Entonces, te sugiero que declares que también una partida de bridge podría serte fatal.

—Pero si puedo jugar tranquilamente... —insistí.

—¿Puedes perder quinientos dólares sin poner mala cara?

—Me fastidiaría.

—Entonces sigue mi consejo.

—¡Qué amable estás esta tarde, Dex! —le dije—. Si me has invitado para hacerme saber que soy demasiado pobretón para esa gente, dilo sin tapujos y me largo.

—Deberías darme las gracias, Lee. Te estoy proporcionando medios para que puedas dar el pego frente a «esa gente», como tú dices.

—Me pregunto por qué te interesa tanto.

—Me interesa.

Se calló un momento y frenó en seco para no saltarse el semáforo en rojo. El Packard se hundió con suavidad sobre sus amortiguadores, primero hacia delante y luego de vuelta a su posición.

—No veo por qué.

—Quisiera saber adónde pretendes llegar con esas dos chicas.

—Todas las chicas bonitas merecen que uno se ocupe de ellas.

—Puedes conseguir fácilmente docenas de chicas tan bonitas como ésas, y mucho más fáciles.

—Me parece que la primera parte de tu afirmación no es del todo cierta, y la segunda tampoco.

Me miró, y alguna idea le rondaba por la cabeza. Prefería que mirara a la carretera.

—Me asombras, Lee.

—Francamente —dije—, esas dos chicas me gustan.

—Ya lo sé que te gustan —dijo Dex.

Estaba claro que no era eso lo que me tenía preparado.

—No creo que sea más difícil acostarse con ellas que con Judy o con Jicky —afirmé.

—¿Eso es todo lo que buscas, Lee?

—Eso es todo.

—Entonces, ten cuidado. No sé qué le habrás hecho a Jean, pero en cinco minutos que he hablado con ella por teléfono se las ha arreglado para pronunciar tu nombre por lo menos cuatro veces.

—Me alegra haberle causado tanta impresión.

—No son chicas con las que uno pueda acostarse sin más o menos casarse con ellas. Por lo menos, a mí me parece que son así. Y sabes, Lee, hace diez años que las conozco.

—Entonces es que he tenido suerte... —repliqué—. Porque no pienso casarme con las dos, y en cambio sí que voy a acostarme con las dos.

Dexter me miró de nuevo sin contestar. ¿Le habría contado Judy nuestra sesión en casa de Jicky, o no sabía nada? Tenía la sensación de que este tipo podía adivinar las tres cuartas partes de las cosas, aunque no se las contaran.

—Baja —me dijo.

Me di cuenta de que el coche se había parado frente al Stork Club y me apeé.

Entré delante de Dexter, y él fue quien le dio propina a la morena del guardarropa. Un camarero de librea, al que yo conocía muy bien, nos llevó a la mesa que teníamos reservada. En aquel tugurio se daban aires de mucho postín, y el resultado era más bien cómico. Saludé al pasar a Blackie, el director de la orquesta. Era la hora del cóctel, y estaban tocando música de baile. Conocía de vista a la mayor parte de los clientes. Pero estaba acostumbrado a verlos desde el escenario, y me hacía un efecto raro encontrarme de pronto en campo enemigo, con el público.

Nos sentamos y Dex pidió dos martinis triples.

—Lee —me dijo—, no quiero seguir hablando de este asunto, pero vete con cuidado con estas chicas.

—Yo siempre voy con cuidado —contesté—. No sé por qué lo dices, pero yo todo lo que hago lo hago con cuidado.

No me contestó, y al cabo de un momento se puso a hablar de otra cosa. Cuando se decidía a abandonar su aire de suficiencia era capaz de decir cosas interesantes.

10

Al salir íbamos los dos bastante cargados, y me puse al volante, a pesar de las protestas de Dexter.

—No tengo ningún interés en que me estropees la facha antes del sábado. Cuando conduces siempre miras a otra parte, y todas las veces que he ido contigo me he sentido a las puertas de la muerte.

—Pero si no sabes por dónde se va, Lee...

—¡Qué más da! —repliqué—. Me lo vas indicando.

—Está en un barrio al que no vas nunca, y es complicado.

—Dexter, me aburres. ¿Qué calle es?

—Está bien, vamos al número 300 de Stephen's Street.

—¿Es hacia allí? —pregunté, señalando vagamente en dirección al sector oeste.

—Sí. ¿Lo conoces?

—Conozco toda la ciudad —le aseguré—. Atención al despegue.

El Packard se conducía suave como el terciopelo. A Dex no le gustaba, prefería el Cadillac de sus padres; pero comparado con el Nash era una verdadera joya.

—¿Vamos al mismo Stephen's Street?

—Al lado —dijo Dex.

A pesar de la cantidad de alcohol que llevaba en la tripa, se aguantaba como un roble. Como si no hubiera bebido nada.

Estábamos llegando al barrio pobre de la ciudad. Stephen's Street empezaba bien, pero a partir del número 200 ya todo eran pisos baratos, que más adelanté se transformaban en chabolas de un solo piso, cada vez más ruinosas. Por el 300 la cosa aún se aguantaba un poco. Había algunos coches frente a las casas, casi todos de la época del Ford-T. Aparqué el coche de Dex frente al número que él me había indicado.

—Por aquí, Lee. Tenemos que caminar un poco.

Cerró las puertas y nos pusimos en marcha. Tomamos una calle transversal y anduvimos unos cien metros. Había árboles, y los cercados de los jardines estaban en ruinas. Dex se detuvo frente a un caserón de dos pisos con techo de tablas. Por un milagro, la reja que rodeaba el montón de desperdicios que constituía el jardín estaba más o menos en buen estado. Entró sin llamar. Era casi de noche, y en los rincones se agitaban sombras inquietantes.

—Pasa, Lee —dijo Dex—. Es aquí.

—Te sigo.

Había un rosal frente a la casa, uno solo, pero su olor era más que suficiente para cubrir el tufo desprendido por las basuras que se acumulaban en todas partes. Dex subió los dos escalones de la entrada, situada a un lado de la casa. Tocó el timbre, y vino a abrir una negra gorda. Sin decir palabra, nos volvió la espalda, y Dex la siguió. Yo cerré la puerta detrás de mí.

Al llegar al primer piso, la negra se hizo a un lado para dejarnos pasar. En una habitación de pequeñas dimensiones había un sofá, una botella y dos vasos, y dos chiquillas de once a doce años, una pelirroja gordita y cubierta de pecas y una negra que parecía ser la mayor de las dos. Estaban sentadas, muy modositas, en el sofá, vestidas ambas con una camiseta y una falda demasiado corta.

—Estos señores os traen dólares —dijo la negra—. Portaos bien con ellos.

Se marchó y cerró la puerta. Miré a Dexter.

—Desnúdate, Lee —me dijo—. Hace mucho calor aquí.

Se volvió hacia la pelirroja.

—Ven a ayudarme, Jo.

—Ven —le dije.

—Puedes emplearte a fondo, Lee —dijo Dex—, están limpias. ¿Vas a callarte de una vez?

Polly dejó de llorar y se sorbió los mocos.

—La tiene muy gorda... —se lamentó—. ¡Me hace daño!

—¡Cállate! —dijo Dex—. Te daré cinco dólares más.

Jadeaba como un perro. La cogió por los muslos y empezó a agitarse sobre la silla.

Las lágrimas de Polly se deslizaban ahora sin sollozos. La negrita me miraba.

—Desnúdate —le dije— y échate en el sofá.

Me quité la chaqueta y me desabroché el cinturón. Gritó un poco cuando entré en ella. Y estaba ardiente como el mismísimo infierno.

11

Llegó el sábado, y yo no había vuelto a ver a Dexter... Decidí coger el Nash y pasar por su casa. Si seguía teniendo intención de ir, dejaría el Nash en el garaje... Si no, iría yo solo directamente desde allí.

Lo había dejado enfermo como un cerdo, la otra noche. Debía de estar mucho más borracho de lo que yo imaginaba, y se puso a gastar bromitas. A la pequeña Polly le quedaría una marca en el pecho izquierdo, porque a ese bruto se le ocurrió morderla como si estuviera rabioso. Confiaba en que sus dólares la calmarían, pero la negra Anna vino enseguida y le amenazó con no dejarle entrar más en su casa. Seguro que no era la primera vez que Dex iba allí. No quería dejar que se marchara Polly, de quien debía gustarle el olor de pelirroja. Anna le puso una especie de vendaje y le dio un somnífero, pero tuvo que dejarla en manos de Dex, que la lamía por todos los rincones haciendo extraños ruidos guturales.

Me daba perfecta cuenta de lo que debía de estar sintiendo, porque yo, por mi parte, no me decidía a salir de esa chiquilla negra, pero yo iba con cuidado para no hacerle daño, y no se quejó ni una sola vez. Solamente cerraba los ojos.

Por eso me preguntaba si Dex estaría en condiciones de pasar un fin de semana en casa de las Asquith. Yo mismo me había levantado, la víspera, en un curioso estado. Y Ricardo podía certificarlo: a las nueve de la mañana me servía un triple zombie, y no sé de nada mejor para poner en forma a una persona. En realidad, yo bebía muy poco antes de llegar a Buckton, y ahora me daba cuenta de mi error. A condición de tomar lo suficiente, no se conocen casos en que el alcohol no aclare las ideas. Pero esta mañana las cosas iban mejor, y cuando me detuve frente a la casa de Dexter me encontraba en plena forma.

Contrariamente a lo que yo había supuesto, me estaba ya esperando, recién afeitado, vistiendo un traje de gabardina beige y una camisa de dos colores, gris y rosa.

—¿Has desayunado ya, Lee? Odio tener que pararme por el camino, y tomo mis precauciones.

Ese Dexter era claro, simple y conciso como un niño. Un niño más viejo que los de su edad, sin embargo. Sus ojos.

—Me comería un poco de jamón y mermelada —respondí.

El mayordomo me sirvió una copiosa comida. A mí me horrorizaría tener un tipo que mete las manos en todo lo que uno come, pero a Dexter le parecía muy normal.

Nos marchamos apenas hube terminado. Trasladé mi equipaje del Nash al Packard, y Dex se sentó a la derecha.

—Conduce tú, Lee. Es mejor así.

Me miró significativamente. Fue su única alusión a la noche de la antevíspera. Estuvo de un humor encantador durante todo el trayecto y me contó cantidad de cosas sobre los viejos Asquith, dos buenos cerdos que se habían iniciado en la vida con un confortable capital, lo que me parece muy bien, pero que tenían la mala costumbre de explotar a la gente cuyo único delito es tener la piel de diferente color. Tenían plantaciones de caña cerca de Jamaica o de Haití, y, según Dex, en su casa se bebía un ron de fábula.

—Mejor que los zombies de Ricardo, puedes creerme, Lee.

—¡Entonces, me apunto! —afirmé.

Y le pegué un buen viaje al pedal del acelerador.

Recorrimos los ciento sesenta kilómetros en poco más de una hora, y Dexter me indicó el camino al llegar a Prixville. Era un villorrio mucho menos importante que Buckton, pero las casas parecían más lujosas y los jardines más grandes. A veces se encuentran lugares así, en los que todo el mundo está podrido de dinero.

La verja del jardín de las Asquith estaba abierta, y subí la rampa de acceso al garaje en directa, pero el motor no se calaba. Aparqué el Clipper detrás de otros dos coches.

—Ya van llegando los clientes —dije.

—No —replicó Dexter—. Son los de la casa. Seguro que somos los primeros. Creo que, además de nosotros, viene alguna gente del pueblo. Siempre se invitan los unos a los otros, porque cuando están en casa se aburren demasiado. Claro que no están casi nunca.

—Ya veo —dije yo—. Una lástima de gente.

Se rió y bajó del coche. Cogimos cada uno nuestra maleta y casi nos topamos de bruces con Jean Asquith. Llevaba una raqueta de tenis. Vestía shorts blancos y se había puesto, después del partido, un jersey azul oscuro que resaltaba sus formas de una manera espantosa.

—¡Míralos! —exclamó.

Parecía encantada de vernos.

—Venid a tomar algo.

Miré a Dex, y él me miró a mí, y los dos asentimos con la cabeza al mismo tiempo.

—¿Dónde está Lou? —dijo Dex.

—Está arriba —respondió Jean—. Ha ido a cambiarse.

—Ajá —dije yo, desconfiado—. ¿Así que aquí tiene uno que cambiarse para el bridge?

Jean se desternillaba de risa.

—Quiero decir que se está cambiando de shorts. Poneos cómodos y volved. Haré que os lleven a vuestras habitaciones.

—Supongo que tú también irás a cambiarte de shorts —me burlé—. Debe de hacer por lo menos una hora que llevas los mismos.

Recibí un buen golpe de raqueta en los dedos.

—¡Yo no sudo! —afirmó Jean—. Ya se me ha pasado la edad.

—Y has perdido el partido, claro está.

—Sí...

Se rió de nuevo. Reía que daba gusto, y lo sabía.

—Entonces puedo correr el riesgo de desafiarte a un set —dijo Dex—. No ahora, claro. Mañana por la mañana.

—Acepto con mucho gusto —dijo Jean.

No sé si me equivoco, pero creo que habría preferido que fuera yo el adversario.

—Bueno —dije yo—. Si hay dos pistas, jugaré con Lou, y los dos que pierdan jugarán el uno contra el otro. Arréglatelas para perder, Jean, y podremos jugar juntos.

—O.K. —dijo Jean.

—Bueno —concluyó Dexter—, ya que todo el mundo hace trampas, voy a ser yo el que pierda.

Los tres soltamos la carcajada. No tenía nada de divertido; pero el ambiente estaba un poco tenso y había que arreglar la cosa. Luego, Dex y yo seguimos a Jean hacia la casa, y nos dejó en manos de una sirvienta negra, muy delgada, con una pequeña cofia blanca almidonada.

12

Me cambié en mi habitación y bajé para encontrarme con Dex y los demás. Había dos chicos y dos chicas, la proporción era la correcta, y Jean estaba jugando al bridge con una de ellas y el otro chico. También Lou se encontraba allí. Dejé a Dex haciéndole compañía a la otra chica y me puse a buscar en la radio un poco de música bailable. Encontré a Stan Kenton y lo dejé. Mejor eso que nada. Lou olía a un perfume nuevo que me gustó más que el del otro día, pero quise pincharla.

—Lou, has cambiado de perfume.

—Sí. ¿No te gusta éste?

—Sí, no está mal. Pero ya sabes que esto no se hace.

—¿Qué?

—La gente no cambia de perfume. Una mujer verdaderamente elegante permanece siempre fiel a su perfume.

—¿De dónde has sacado eso?

—Lo sabe todo el mundo. Es una vieja norma francesa.

—No estamos en Francia.

—Entonces, ¿por qué usas perfumes franceses?

—Porque son los mejores.

—Claro; pero si sigues una norma, tienes que seguirlas todas.

—Pero, oye, Lee Anderson, ¿quién te ha dicho todo eso?

—Son los prodigios de la instrucción —me burlé.

—¿En qué universidad has estudiado?

—En ninguna que tú conozcas.

—¿O sea?

—Estudié en Inglaterra y en Irlanda antes de regresar a Estados Unidos.

—¿Y por qué te dedicas a este trabajo? Podrías estar ganando más dinero.

—Gano lo suficiente, para lo que hago.

—¿Tienes familia?

—Tenía dos hermanos.

—¿Y...?

—El menor murió. En un accidente.

—¿Y el otro?

—El otro está vivo. Está en Nueva York.

—Me gustaría conocerle —dijo Lou.

Parecía haber perdido esa brusquedad de que hizo gala en casa de Dexter y de Jicky, y también haber olvidado lo que yo le había hecho aquella noche.

—Prefiero que no le conozcas —repliqué.

Y así lo pensaba. Pero me había equivocado al creer que ella había olvidado.

—Tienes unos amigos muy raros —dijo, cambiando de tema sin transición.

Seguíamos bailando. No había prácticamente ninguna interrupción entre una y otra pieza, y esto me evitó tener que contestar.

—¿Qué le hiciste a Jean, la última vez? —me preguntó—. Ya no es la misma.

—No le hice nada. Sólo la ayudé a que se le pasara la borrachera. Hay una técnica muy conocida.

—No sé si me estás hablando en serio o no. Contigo nunca se sabe.

—Pero ¡si soy transparente como el cristal...! —le aseguré.

Le tocaba a ella no contestar, y se concentró en el baile durante unos minutos. Se abandonaba en mis brazos, y parecía no pensar en nada.

—Me gustaría haber estado allí —concluyó ella.

—A mí también me habría gustado —afirmé—. Ahora estarías más tranquila.

Esta frase hizo que me subiera una oleada de calor por detrás de las orejas. Recordaba el cuerpo de Jean.

Tirármelas a las dos y cargármelas al mismo tiempo, después de habérselo dicho. Era demasiado hermoso...

—No me creo que realmente pienses eso que dices.

—Pues no sé qué tendría que decir para que lo creyeras.

Protestó airadamente, me trató de pedante, y me acusó de hablar como un psiquiatra austríaco. Era un poco fuerte.

—Quiero decir —me expliqué—, ¿en qué momentos crees que digo la verdad?

—Me gustas más cuando no dices nada.

—¿Y cuando no hago nada también?

La estreché un poco más. Entendió perfectamente mi alusión, y bajó la vista. Pero no la iba a soltar así como así. Además, contestó:

—Depende de lo que hagas...

—¿No te parece bien todo lo que hago?

—No tiene ningún interés, si se lo haces a todo el mundo.

Poco a poco iba ganándomela. Estaba casi madura. Un pequeño esfuerzo más. Quería comprobar si de verdad estaba en su punto.

—Eres demasiado enigmática —le dije—. ¿De qué estás hablando?

Esta vez bajó no sólo la vista sino también la cabeza. Era realmente mucho más baja que yo. Llevaba un gran clavel blanco prendido en el pelo. Pero respondió:

—Sabes perfectamente de qué estoy hablando. De lo que hiciste el otro día, en el sofá.

—¿Y entonces?

—¿A todas las mujeres les haces lo mismo?

Solté la carcajada y ella me pellizcó el brazo.

—No te burles de mí, que no soy idiota.

—Nadie ha dicho eso.

—Entonces, contéstame.

—No —dije—. No se lo hago a todas las mujeres que conozco. Francamente, hay muy pocas mujeres a las que se pueda tener ganas de hacérselo.

—Me estás tomando el pelo. Vi perfectamente cómo se comportaban tus amigos...

—No son amigos, son camaradas.

—No intentes liarme con palabras —replicó—. ¿A tus camaradas se lo haces?

—¿A ti te parece que me puede apetecer hacérselo a tías como ésas?

—Me parece... —murmuró—. Hay momentos en los que se pueden hacer muchas cosas con muchas personas.

Me creí en el deber de aprovechar esta frase para acercármela un poco más. Al mismo tiempo me esforcé para acariciarle un pecho. Había atacado demasiado pronto. Se escabulló, suave, pero firmemente.

—¿Sabes?, el otro día había bebido —dijo.

—No me lo creo —respondí.

—¡Oh! ¿Te crees que te habría dejado actuar, si no hubiera bebido?

—Claro.

Bajó la cabeza de nuevo y la volvió a levantar para decirme:

—¿No irás a pensar que habría bailado con cualquiera?

—Yo soy un cualquiera.

—Sabes perfectamente que no.

Pocas veces había mantenido una conversación tan agotadora. La niña esa se escurría de entre los dedos como una anguila. Tan pronto parecía dispuesta a todo como mostraba las uñas y los dientes al menor contacto. De todos modos, seguí adelante.

—¿Qué tengo de especial?

—No sé. Físicamente estás bien, pero hay otra cosa. Tu voz, por ejemplo.

—¿Ah, sí?

—No es una voz corriente.

Me eché a reír otra vez, con ganas.

—No lo es —insistió—. Es una voz más grave..., y más..., no sé cómo decirlo..., más equilibrada.

—Es por la costumbre de cantar y tocar la guitarra.

—No —dijo ella—. Nunca he oído a ningún cantante o guitarrista que cante como tú. He oído voces que me recuerdan la tuya, sí..., allí..., en Haití. Los negros.

—Me halagas —dije yo—, son los mejores músicos del mundo.

—¡No digas tonterías!

—Toda la música americana ha salido de ellos —afirmé.

—No lo creo. Todas las grandes orquestas son de blancos.

—Claro, los blancos están en mejor posición para explotar los descubrimientos de los negros.

—No creo que tengas razón. Todos los grandes compositores son blancos.

—Duke Ellington, por ejemplo.

—No, Gershwin, Kern y todos esos.

—Todos europeos emigrados —le aseguré—. Son los peores explotadores. No creo que en todo Gershwin se pueda encontrar un solo pasaje original, que no haya sido copiado, plagiado o reproducido. Te desafío a que encuentres uno solo en toda la *Rhapsody in Blue*...

—Eres extraño —respondió—. Detesto a los negros.

Era demasiado hermoso. Pensé en Tom, y a punto estuve de dar gracias al Señor. Pero en aquel momento deseaba demasiado a la niña esa como para ser accesible a la cólera. Y no necesitaba al Señor para hacer un buen trabajo.

—Todos sois iguales —repliqué—. Os encanta enorgulleceros de las cosas que todo el mundo, menos vosotros, ha descubierto.

—No entiendo qué quieres decir.

—Tendrías que viajar —le aseguré—. Sabes, no son sólo los americanos blancos los que han inventado el cine, ni el automóvil, ni las medias de nylon, ni las carreras de caballos. Ni la música de jazz.

—Hablemos de otra cosa —dijo Lou—. Lees demasiados libros, eso es lo que te pasa.

En la mesa de al lado seguían con su bridge, y podía estar seguro de que no llegaría a nada con aquella chica si no la hacía beber. Tenía que perseverar.

—Dex me ha hablado de vuestro ron —proseguí—. ¿Es un mito, o está al alcance de los simples mortales?

—Puedes tomar el que quieras —repuso Lou—. Debí haber pensado que tendrías sed.

La solté y se escurrió hacia una especie de bar de salón.

—¿Mezclado? —me preguntó—. ¿Ron blanco y ron negro?

—Probemos. O mejor le añades un poco de zumo de naranja. Me estoy muriendo de sed.

—No hay problema —me aseguró.

Los de la mesa de bridge, al otro extremo de la habitación, nos llamaron a gritos.

—¡Lou! ¡Prepara bebida para todos, por favor!

—De acuerdo, pero os la venís a tomar aquí.

Me gustaba ver inclinarse hacia delante a esa chica. Llevaba una especie de jersey ceñido con un escote completamente redondo que le descubría el nacimiento de los senos, y el cabello recogido a un lado, como el día que la conocí, pero esta vez a la izquierda. Iba mucho menos maquillada, y estaba como para hincarle el diente.

Se incorporó, con una botella de ron en la mano.

—Eres realmente hermosa —le dije.

—No empieces...

—No empiezo. Sigo.

—Bueno, pues no sigas. Vas demasiado aprisa. Se pierde toda la gracia.

—Las cosas no tienen que durar mucho tiempo.

—Sí. Las cosas agradables tendrían que durar siempre.

—¿Y tú sabes qué es una cosa agradable?

—Sí. Hablar contigo, por ejemplo.

—Tú eres la única que disfruta. Eres una egoísta.

—Y tú eres un cerdo. ¡Dilo más claro, que te aburre hablar conmigo!

—No puedo mirarte sin pensar que estás hecha para otra cosa que para hablar, y me es muy difícil hablar contigo sin mirarte. Pero, si lo prefieres, sigamos hablando. Por lo menos no juego al bridge, durante ese tiempo.

—¿No te gusta el bridge?

Había llenado un vaso y me lo ofrecía. Lo cogí y me bebí la mitad de un trago.

—Me gusta esto.

Señalé el vaso.

—Y también me gusta que lo hayas preparado tú.

Se puso de color de rosa.

—¿Ves como sabes ser agradable, cuando quieres?

—Te aseguro que conozco muchas otras maneras de ser agradable.

—Eres un engreído. Como estás bien hecho, te imaginas que todas las mujeres tienen ganas de eso.

—¿De qué?

—De las cosas físicas.

—Las que no tienen ganas —afirmé— es porque no lo han probado.

—No es verdad.

—¿Acaso lo has probado?

No contestó y se puso a retorcerse los dedos, hasta que por fin se decidió.

—Lo que me hiciste, la otra vez...

—¿Sí?

—No era nada agradable. Era... ¡Era terrible!

—Pero ¿no desagradable...?

—No... —dijo, en voz baja.

No insistí y apuré el vaso. Había recuperado el terreno perdido. Qué cruz, el trabajo que me iba a dar la niña; tenía la misma sensación que a veces se tiene con las truchas.

Jean se había levantado y venía por un vaso.

—¿No te aburres mucho con Lou?

—¡Qué amable! —replicó su hermana.

—Lou es encantadora —dije yo—. La quiero mucho. ¿Puedo pedirte su mano?

—¡De ninguna manera! —dijo Jean—. Yo tengo prioridad.

—¿Y entonces yo qué pinto en todo eso? —dijo Lou—. ¿Soy un resto de serie?

—Tú eres joven aún —dijo Jean—. Tienes tiempo. Yo, en cambio...

Me reí, porque Jean no aparentaba ni dos años más que su hermana.

—No te rías como un imbécil —dijo Lou—. ¿No la ves, lo vieja que está?

Decididamente, me caían muy bien las dos. Y ellas también parecían entenderse.

—Si no empeoras con la edad —le dije a Lou—, estoy dispuesto a casarme con las dos.

—Eres horrible —dijo Jean—. Me vuelvo a mi bridge. ¿Bailarás conmigo, luego?

—¡Y un rábano! —dijo Lou—. Esta vez tengo prioridad yo. Vete a jugar con tus estúpidas cartas.

Nos pusimos a bailar otra vez, pero el programa terminó y le propuse a Lou una vuelta por el jardín para estirar las piernas.

—No sé si me conviene quedarme a solas contigo...

—No corres ningún riesgo. Total, con ponerte a gritar...

—Eso mismo —protestó—. Para hacer el ridículo.

—Está bien —concedí—. Pues quisiera tomar un trago, si no te importa.

Me dirigí al bar y me preparé un pequeño reconstituyente. Lou se quedó donde estaba.

—¿Quieres?

Rehusó con la cabeza, cerrando sus ojos amarillos. Dejé de prestarle atención y me fui al otro extremo de la sala, a observar el juego de Jean.

—Vengo a traerte suerte —le dije.

—Llegas en buen momento.

Se volvió ligeramente hacia mí con una sonrisa radiante.

—Pierdo ciento treinta dólares. ¿Te parece divertido?

—Depende del porcentaje exacto de tu fortuna que eso represente —respondí.

—¿Y si dejáramos de jugar? —propuso ella entonces.

Los otros tres, que no parecían tener más ganas de jugar que de otra cosa, se levantaron al mismo tiempo.

En cuanto al individuo llamado Dexter, hacía tiempo que se había llevado a la cuarta chica al jardín.

—¿Esto es todo lo que hay? —preguntó Jean, señalando la radio con desdén—. Voy a encontrarte algo mejor.

Se puso a manipular los botones y consiguió, efectivamente, conectar con algo que se podía bailar. Uno de los dos tipos invitó a Lou, el otro se puso a bailar con la otra chica, y yo me llevé a Jean a tomar algo antes de empezar. Ella sabía perfectamente lo que le hacía falta.

13

Cuando subimos a acostarnos, Dex y yo, no le había vuelto a dirigir prácticamente la palabra a Lou desde nuestra larga conversación. Nuestras habitaciones estaban en el primer piso, en el mismo lado que las de las chicas. Los padres ocupaban la otra ala. Los demás invitados habían vuelto a sus casas. Digo que los padres ocupaban la otra ala, pero en aquel momento estaban en Nueva York o en Haití, o algún sitio así. Las habitaciones seguían en este orden: la mía, la de Dexter, la de Jean y la de Lou. Estaba mal situado para las incursiones.

Me desnudé y me di una ducha, frotándome enérgicamente con el guante de crin. Oí a Dexter que iba de un lado para otro en su habitación. Salió y regresó al cabo de cinco minutos, y percibí el ruido de un vaso que se llena. Había ido a hacer una pequeña expedición de avituallamiento: no era mala idea. Llamé discretamente a la puerta que comunicaba su habitación con el cuarto de baño que nos separaba. Acudió enseguida.

—¡Oh!, Dex —dije yo desde el otro lado de la puerta—, ¿lo he soñado o es que he oído rumor de botellas?

—Te paso una —dijo Dex—. Me he subido dos.

Era ron. Nada mejor para dormirse o para permanecer despierto, según la hora. Confiaba en permanecer despierto, pero a Dex lo oí que se acostaba poco después. Se lo había tomado de otra forma que yo.

Esperé una media hora y salí cautelosamente de mi habitación. Llevaba un calzoncillo y la chaqueta del pijama. No puedo resistir los pantalones del pijama. No hay forma.

El pasillo estaba a oscuras, pero yo sabía bien adónde iba. Avancé sin tomar ninguna precaución, porque la alfombra habría bastado para amortiguar los ruidos de un partido de béisbol, y llamé a la puerta de Lou.

La oí acercarse; mejor dicho, la oí acercarse, y la llave giró en la cerradura. Me colé en su habitación y volví a cerrar con presteza la puerta de madera lacada.

Lou llevaba un encantador deshabillé blanco que debía de haber robado a una de las Vargas Girls*. A simple vista se advertía que su indumentaria comprendía, además, un sostén de encaje y unas braguitas que hacían juego.

—Vengo a ver si sigues enfadada conmigo —le dije.

—No te quiero en mi habitación —protesto.

—¿Y entonces por qué me has abierto? ¿Quién te creías que era?

—No sé, Susie, quizá...

—Susie está durmiendo, y los otros criados también. Lo sabes perfectamente.

—¿Y adónde quieres ir a parar con todo esto?

—A esto.

La agarré al vuelo y me puse a besarla de una manera de verdad consecuente. Ignoro qué estaría haciendo mi mano izquierda durante ese tiempo. Pero lo que sí sé es que Lou se revolvía, y que recibí en la oreja uno de los puñetazos más fenomenales que me haya sido dado encajar hasta el momento presente. La solté.

—Eres un salvaje —me dijo.

Llevaba el pelo suelto, con raya en medio, y era realmente un magnifico ejemplar. Pero me mantuve en calma. El ron me ayudaba.

—Haces demasiado ruido —repliqué—. Jean va a oírnos.

---

* Vargas: ilustrador americano de las revistas *Esquire* y *Playboy* *(N. del T.)*

—Hay un cuarto de baño entre nuestras habitaciones.

—Perfecto.

Reincidí y abrí su deshabillé. Conseguí arrancarle las braguitas antes de que me golpeara de nuevo. La cogí de las muñecas y le mantuve las manos detrás de la espalda. Cabían holgadamente en la palma de mi mano derecha. Luchaba sin ruido, pero con rabia, e intentaba golpearme con las rodillas, pero yo le pasé el brazo izquierdo por la espalda y la estreché contra mí. Entonces quiso morderme a través del pijama, y yo no conseguía librarme de mi maldito calzoncillo. La solté bruscamente, empujándola hacia la cama.

—Después de todo —le dije—, hasta ahora te las has arreglado sola. Sería estúpido de mi parte cansarme por tan poca cosa.

Estaba al borde de las lágrimas, pero sus ojos brillaban de cólera. Ni siquiera intentó volverse a vestir, y yo me regalaba la vista. Su vello era negro y tupido, brillante como el astracán.

Di media vuelta y me dirigí a la puerta.

—Duerme bien —dije—. Perdona que te haya estropeado ligeramente la lencería. No me atrevo a proponerte remplazarla, pero cuento con que me envíes la nota.

Difícilmente hubiera podido ser más grosero, y eso que me viene de natural. Ella ni chistó, pero vi que sus puños se crispaban y que se mordía los labios. De repente, me dio la espalda, y me quedé un segundo a admirarla de ese lado. Verdaderamente, era una lástima. Salí con un extraño estado de ánimo.

Abrí sin miramientos la puerta siguiente, la de la habitación de Jean. La llave no estaba echada. Me dirigí tranquilamente al cuarto de baño y corrí el pestillo.

Luego me quité la chaqueta del pijama y el calzoncillo. La habitación estaba iluminada por una luz suave, y los tapices anaranjados hacían aún más tenue la atmósfera. Jean, completamente desnuda, se arreglaba las uñas tendida boca abajo en la cama. Volvió la cabeza al verme entrar y me siguió con la mirada mientras yo cerraba las puertas.

—Eres un caradura —me dijo.

—Sí —repliqué—. Y tú me estabas esperando.

Se rió y se dio la vuelta sobre la cama. Me senté a su lado y le acaricié los muslos. Era impúdica como una chavala de diez años. Se sentó y me palpó los bíceps.

—Estás fuerte.

—Soy débil como un corderito recién nacido —le aseguré.

Se restregó contra mí y me besó, pero de pronto vi que retrocedía y se limpiaba los labios.

—Vienes de la habitación de Lou. Hueles a su perfume.

No había pensado en esa dichosa costumbre. A Jean le temblaba la voz, y rehuía mi mirada. La cogí de los hombros.

—Estás diciendo tonterías.

—Hueles a su perfume.

—Es que fui a pedirle perdón. Antes la había ofendido.

Me acordé de Lou, que quizá debía de estar todavía medio desnuda, de pie en el centro de la habitación, y esto me excitó aún más. Jean se dio cuenta y se sonrojó.

—¿Te molesta? —le pregunté.

—No —murmuró—. ¿Puedo tocarte?

Me tendí a su lado e hice que se echara también ella. Sus manos recorrían tímidamente mi cuerpo.

—Eres muy fuerte —me dijo, en voz baja. Ahora estábamos tendidos sobre el costado, mirándonos cara a cara. La empujé con delicadeza, hasta que quedó dándome la espalda, y entonces me acerqué a ella, y ella separó ligeramente sus piernas para abrirme paso.

—Me vas a hacer daño.

—No. Seguro que no —la tranquilicé.

No hacía otra cosa que pasear los dedos por sus pechos, de los lados a los pezones, y la sentía vibrar contra mí. Sus nalgas redondas y calientes encajaban perfectamente con la parte alta de mis muslos; su respiración se aceleraba.

—¿Quieres que apague la luz? —murmuré.

—No —dijo Jean—. Me gusta más así.

Liberé mi mano izquierda de debajo de su cuerpo y le aparté los cabellos de la oreja derecha. Hay mucha gente que ignora lo que se puede hacer de una mujer besándole y mordisqueándole la oreja, es un recurso infalible. Jean se retorcía como una anguila.

—No me hagas eso.

Me detuve al instante, pero me cogió de la muñeca y me apretó con una fuerza extraordinaria.

—No dejes de hacérmelo.

Volví a empezar, más pausadamente, y de repente observé que contraía todos los músculos, y luego se relajó y dejó caer de nuevo la cabeza. Mi mano se deslizó a lo largo de su vientre y me di cuenta de que algo había sentido. Me puse a recorrer su cuello, con besos rápidos, esbozados apenas. Veía cómo se estiraba su piel a medida que yo iba avanzando hacia su nuca. Y entonces, suavemente, cogí mi miembro y entré en ella, con tal facilidad que no sé si se dio cuenta hasta que empecé a moverme. Todo es cuestión de preparación. Pero ella se zafó de un golpe de caderas.

—¿Te molesto? —le pregunté.

—Acaríciame más. Acaríciame toda la noche.

—Ésa es mi intención —le aseguré.

La poseí de nuevo, esta vez con brutalidad. Pero me retiré antes de satisfacerla.

—Me vas a volver loca... —murmuró.

Se tumbó boca abajo y escondió la cabeza entre los brazos. La besé en las caderas y en las nalgas, y luego me arrodillé encima de ella.

—Separa las piernas —le dije.

No me contestó, pero las separó, despacio. Metí mi mano entre sus muslos y me guié otra vez, pero erraba el camino. Se puso rígida, y yo insistí.

—No quiero —protestó.

—Arrodíllate —le dije.

—No quiero.

Y entonces arqueó las caderas y dobló las rodillas. Mantenía la cabeza entre los brazos, y yo, lentamente, iba cumpliendo mi propósito. Ella no decía palabra, pero yo sentía su vientre subir y bajar, y su respiración que se aceleraba. Sin soltarla, me dejé caer a un lado, y cuando quise ver su cara brotaban lágrimas de sus ojos cerrados, pero me dijo que me quedara.

14

Volví a mi habitación a las cinco de la madrugada. Jean no se movió cuando la dejé, estaba realmente agotada. A mí me temblaban un poco las rodillas, pero logré saltar de la cama a las diez. Creo que el ron de Dex me ayudó considerablemente. Me metí debajo de la ducha fría y le pedí a Dex que viniera a boxear un poco. Golpeaba a diestro y siniestro y eso me devolvió el aplomo. Me imaginaba el estado en que debía encontrarse Jean. Dex, por su parte, le había pegado demasiado al ron, y el aliento le olía a mil demonios a sólo dos metros. Le aconsejé que se tomara tres litros de leche y que se fuera a dar una vuelta por el golf. Tenía que encontrarse con Jean en el tenis, pero Jean no se había levantado aún. Bajé a desayunar. Lou, sola, estaba sentada a la mesa; llevaba una pequeña falda plisada y una blusa de seda clara debajo de una chaqueta de ante. La deseaba de verdad, a esa chica. Pero aquella mañana me sentía más bien calmado. Le di los buenos días.

—Buenos días.

Su tono era frío. No, más bien triste.

—¿Estás enfadada conmigo? Te pido disculpas por lo de anoche.

—Supongo que no puedes evitarlo —me dijo—. Naciste así.

—No. Me he vuelto así.

—No me interesan tus cuentos...

—Aún no tienes edad, para que te interesen mis cuentos...

—Haré que lamentes lo que acabas de decir, Lee.

—Me gustaría ver cómo.

—Basta de eso. ¿Quieres jugar un set conmigo?

—Con mucho gusto —le dije—. Necesito relajarme.

No pudo evitar que se le escapara una sonrisa, y, cuando terminamos de desayunar, la seguí hacia las pistas. A aquella chica le duraban poco los enfados.

Jugamos al tenis hasta cerca de las doce. Yo ya no sabía dónde tenía las piernas y empezaba a verlo todo de color gris, y entonces llegaron Jean por un lado y Dex por el otro. Tenían un aspecto tan lamentable como el mío.

—Hola —le dije a Jean—. Estás en plena forma, ¿eh?

—No te has mirado en el espejo —me contestó.

—Lou tiene la culpa —afirmé.

—¿Y también tengo yo la culpa de que el pobre Dex esté como para recogerlo con pala? —protestó Lou—. Lo que os pasa es que anoche tomasteis demasiado ron, y nada más. ¡Dex, por Dios, apestas a ron a cinco metros!

—Lee me ha dicho que a dos metros —protestó enérgicamente Dexter.

—¿Eso he dicho?

—Vamos a jugar un poco, Lou —dijo Dex.

—No estoy de acuerdo —repuso Lou—. Tenías que jugar con Jean.

—¡Imposible! —afirmó Jean—. Lee, llévame a dar una vuelta antes del almuerzo.

—Pero ¿a qué hora se come en esta casa? —protestó Dex.

—No hay hora fija —replicó Jean.

Me cogió del brazo y me llevó hacia el garaje.

—Cojamos el coche de Dex —propuse—. Es el que está primero, será más cómodo.

No contestó. Me apretaba con fuerza el brazo y se acercaba a mí tanto como podía. Yo procuraba hablar de cosas intrascendentes, pero ella seguía sin responder. Me soltó el brazo para subir al coche, pero tan pronto estuve instalado se me echó encima y se pegó a mí lo más que podía sin impedirme conducir. Salí marcha atrás y bajé la rampa a toda velocidad. La verja estaba abierta y giré a la derecha. No sabía adónde iba.

—¿Cómo se sale de esta ciudad? —le pregunté a Jean.

—Qué más da... —murmuró.

La miré por el retrovisor. Tenía los ojos cerrados.

—Oye —insistí—, ya has dormido bastante, te estás quedando atontada.

Se incorporó de golpe y me agarró la cabeza con las dos manos para besarme. Yo, prudente, frené, porque la visibilidad se había reducido considerablemente.

—Bésame, Lee...

—Espera por lo menos a que hayamos salido de la ciudad.

—Qué me importa a mí la gente. Me da igual que se entere todo el mundo.

—¿Y tu reputación?

—No siempre te preocupas por ella. Bésame.

Besar está bien durante cinco minutos, pero no podía estar haciéndolo toda la vida. Acostarme con ella y hacerle dar vueltas a mi antojo, bueno. Pero besarla no. Me solté.

—Pórtate bien.

—Bésame, Lee. Por favor.

Aceleré otra vez, y giré por la primera calle a mi derecha, y luego a la izquierda; intentaba sacudirla lo bastante como para que se soltara y se agarrara a cualquier otra cosa, pero con el Packard no había manera. No se movía. Circunstancia que aprovechó ella para echarme otra vez los brazos al cuello.

—Te aseguro que van a decir maravillas de ti en esta ciudad.

—Ojalá me criticaran aún más. Se sentirán tan avergonzados, después...

—¿Cuándo? ¿Después de qué?

—Cuando sepan que vamos a casarnos.

¡Vaya con la niña, le había pegado fuerte! Las hay a las que les produce el mismo efecto que la valeriana a los gatos o un sapo muerto a un foxterrier. No quisieran dedicarse a otra cosa en toda su vida.

—¿Nos vamos a casar?— pregunté.

Inclinó la cabeza y me besó la mano derecha.

—Claro.

—¿Cuándo?

—Ahora.

—En domingo no.

—¿Por qué?

—Porque no. Es una estupidez. Tus padres no querrán.

—Y a mí qué me importa.

—No tengo dinero.

—El suficiente para dos.

—Pero si ni a mí solo me alcanza...

—Mis padres me darán.

—No lo creo. Tus padres no me conocen. Y tú tampoco me conoces, además.

Se sonrojó y escondió la cara en mi hombro.

—Sí que te conozco —murmuró—. Puedo describirte de memoria de pies a cabeza.

Quise ver hasta dónde podía llegar la cosa y le dije:

—Hay muchas mujeres que podrían describirme así.

No reaccionó.

—Me da igual. Ya no podrán hacerlo, a partir de ahora.

—Pero si no sabes nada de mí...

—No sabía nada de ti.

Se puso a tararear la canción de Duke que lleva este título.

—Y no es que ahora sepas más —le aseguré.

—Entonces, cuéntame cómo eres —replicó, dejando de cantar.

—Después de todo —le dije—, no veo cómo podría evitar que te casaras conmigo. Si no es yéndome. Y no tengo ganas de irme.

No añadí «sin haber conseguido a Lou», pero eso era lo que quise decir. Jean lo tomó por un cumplido. A esa chica la tenía en el puño. Había que acelerar la maniobra con Lou. Jean apoyó la cabeza en mis rodillas y acomodó el cuerpo por lo que quedaba de asiento.

—Cuéntame cosas de ti, Lee, por favor.

—Está bien —le dije.

La informé de que había nacido en algún lugar de California, de que mi padre era de origen sueco y de que por eso era yo rubio. Mi infancia había sido difícil, porque mi padre era muy pobre, y cuando tenía nueve años, en plena Depresión, yo tocaba la guitarra por la calle para ganarme la vida, y entonces había tenido la suerte de encontrar a un tipo que se interesó por mí, cuando tenía catorce años, y me llevó a Europa con él, a Inglaterra y a Irlanda, donde estuve unos diez años.

Era todo mentira. Había estado en Europa, pero no en esas condiciones, y todo lo que sabía lo debía únicamente a mí mismo y a la biblioteca del tipo a cuyo servicio estaba. Tampoco le hablé de cómo me trataba ese tipo, que sabía que yo era negro, ni de lo que me hacía cuando no tenía a ninguno de sus amiguitos, ni del modo en que lo dejé, después de haberle hecho firmar un cheque para pagarme el viaje de regreso, gracias a unas cuantas atenciones especiales.

Inventé un montón de embustes sobre mi hermano Tom, y sobre el chico, y le dije que éste había muerto en un accidente, se creía que habían sido los negros, gente asquerosa, una raza de criados, y la mera idea de acercarse a un negro la ponía enferma. Así que al volver me había encontrado con que mi hermano Tom había vendido la casa de mis padres y se había largado a Nueva York, y el chico a seis pies bajo tierra, y entonces me puse a buscar trabajo, y había encontrado este de librero gracias a un amigo de Tom. Esto último era verdad.

Me escuchaba como si yo fuera un predicador, y yo exageraba la nota; le dije que pensaba que sus padres no aceptarían que nos casáramos, porque ella no había cumplido aún los veinte. Acababa de cumplirlos, y podía hacer lo que le viniera en gana. Pero yo ganaba poco dinero. Sin duda ella prefería que yo me ganara honradamente la vida por mí mismo, y seguramente entonces les gustaría a sus padres y me encontrarían un trabajo más interesante en Haití o en alguna de sus plantaciones. Durante todo ese tiempo intentaba orientarme, hasta que por fin salí a la carretera por la que habíamos venido Dex y yo. De momento iba a volver a mi trabajo, y ella podía venir a verme a media semana; nos las arreglaríamos para huir al Sur, a algún lugar donde pudiéramos estar tranquilos unos días, y volveríamos casados, y la cosa ya no tendría remedio.

Le pregunté si se lo diría a Lou; me dijo que sí, pero que no le hablaría de lo que habíamos hecho juntos, y hablando de esto se volvió a excitar. Menos mal que habíamos llegado.

15

Pasamos la tarde un poco al tuntún. No hacía tan buen tiempo como la víspera. Estábamos ya en pleno otoño; y me guardé muy bien de jugar al bridge con los amigos de Jean y de Lou; me acordaba de los consejos de Dex; no era momento de echar a perder los pocos centenares de dólares que había conseguido reunir; de hecho, a los tipos esos no les importaba tener quinientos o seiscientos dólares de más o de menos. Jugaban para matar el tiempo.

Jean me dirigía frecuentes miradas, sin motivo alguno, y le dije, aprovechando un momento de intimidad, que tuviera cuidado. Bailé otra vez con Lou, pero desconfiaba de mí; no logré llevar la conversación a ningún tema interesante. Me había ya recuperado de los esfuerzos de la noche anterior, y volvía a excitarme cada vez que le miraba el pecho; de todos modos, se dejó manosear un poco mientras bailábamos. Los otros invitados se marcharon no muy tarde, como la víspera, y volvimos a encontrarnos solos los cuatro. Jean no se tenía en pie, pero quería más, y me costó lo indecible convencerla de que esperara; por fortuna, la fatiga vino en mi ayuda. Dex seguía pegándole al ron. Subimos hacia las diez, y volví a bajar enseguida a buscar un libro. No tenía ganas de volver a empezar con Jean, pero tampoco tenía sueño como para echarme a dormir tan pronto.

Y cuando volví a entrar en mi habitación me encontré a Lou sentada en la cama. Llevaba el mismo deshabillé que la noche anterior y braguitas nuevas.

No la toqué. Cerré con llave la puerta de entrada y del cuarto de baño y me metí en la cama con ella como si ella no estuviera allí. Mientras me quitaba la ropa la oía respirar aprisa. Una vez en la cama me decidí a hablarle.

—¿No tienes sueño esta noche, Lou? ¿Puedo hacer algo por ti?

—Así estoy segura de que hoy no irás a la habitación de Jean —respondió.

—¿Qué te hace suponer que anoche estuve en el cuarto de Jean?

—Os oí.

—Qué raro... Pero si apenas hice ruido —me burlé.

—¿Por qué has cerrado las puertas?

—Siempre duermo con la puerta cerrada. No tengo ningún interés en despertarme con un desconocido a mi lado.

Se debía de haber perfumado de pies a cabeza. Olía a kilómetros, y su maquillaje era impecable. Iba peinada como la noche anterior, con el cabello dividido por la mitad, y, realmente, me bastaba con alargar la mano para cogerla como una naranja madura, pero aún tenía una pequeña cuenta pendiente con ella.

—Estuviste con Jean —afirmó.

—Lo único que recuerdo —le dije— es que tú me echaste de tu habitación.

—No me gustan tus modales.

—Esta noche me siento especialmente correcto —le dije—. Te pido disculpas por haberme visto obligado a desnudarme en tu presencia, pero de todos modos estoy seguro de que no has mirado.

—¿Qué le hiciste a Jean? —insistió.

—Oye —le dije—. Seguramente te sorprenderá lo que te voy a decir, pero no puedo hacer otra cosa. Es mejor que lo sepas. El otro día la besé, y desde entonces me está persiguiendo.

—¿Cuándo?

—Cuando la curé de la borrachera en casa de Jicky.

—Lo sabía.

—Casi me obligó. Como sabes, yo también había bebido un poco.

—¿La besaste de verdad...?

—¿Cómo?

—Como a mí... —murmuro.

—No —me limité a decir, con un acento de sinceridad que me dejó más que satisfecho—. Tu hermana es un plomo, Lou. La que me gusta eres tú. A Jean la besé como..., como habría podido besar a mi madre, y ya no puedo aguantarla. No sé cómo librarme de ella, y no sé si podré conseguirlo. Seguramente te dirá que vamos a casarnos. Es una manía que ha cogido esta mañana en el coche de Dex. Es bonita, pero no me apetece. Creo que está un poco chiflada.

—La besaste antes que a mí.

—Fue ella la que me besó. Uno siempre siente gratitud por la persona que lo cuida cuando está borracho...

—¿Te arrepientes de haberla besado?

—No —le dije—. Lo único que lamento es que aquella noche no fueras tú la borracha en vez de ella.

—A mí puedes besarme ahora.

No se movía, y mantenía la mirada fija al frente, pero tenía que haberle costado un buen esfuerzo decir eso.

—No puedo besarte —respondí—. Con Jean no tenía importancia. Contigo me pondría enfermo. No te tocaré hasta que...

No terminé la frase y lancé un vago gruñido de desesperación al tiempo que me daba la vuelta en la cama.

—¿Hasta qué? —preguntó Lou.

Se volvió un poco hacia mí y me puso una mano en el brazo.

—Es una estupidez —dije—. Es imposible...

—Dilo...

—Quería decir... hasta que no estemos casados. Tú y yo, Lou. Pero eres demasiado joven, y nunca podré librarme de Jean, y ella jamás nos dejará tranquilos.

—¿De verdad lo piensas?

—¿Qué?

—Lo de casarte conmigo.

—No podría pensar en serio una cosa imposible —le aseguré—. Pero si te refieres a si tengo ganas, te juro que tengo ganas de verdad.

Se levantó de la cama. Yo seguía tumbado del otro lado. Ella no decía nada. Yo tampoco dije nada, y sentí que se echaba otra vez en la cama.

—Lee —dijo al cabo de un buen rato.

Mi corazón latía tan aprisa que la cama resonaba. Me volví. Se había quitado el deshabillé y todo lo demás, y había cerrado los ojos, tendida de espaldas. Pensé que Howard Hughes habría hecho una docena de películas por tan sólo los pechos de esa chica. No la toqué.

—No quiero hacerlo contigo —le dije—. Esa historia con Jean me disgusta. Antes de conocerme os entendíais muy bien las dos. No quiero que por culpa mía os separéis de un modo u otro.

No sé si tenía ganas de otra cosa que de hacerle el amor hasta ponerme enfermo, si tenía que creer en mis reflejos. Pero conseguí aguantar.

—Jean está enamorada de ti —dijo Lou—. Está más claro que el agua.

—No puedo impedirlo.

Era lisa y esbelta como una hierba, y olorosa como una perfumería. Me senté y me incliné por encima de sus piernas, y la besé entre los muslos, allí donde la piel de las mujeres es más suave que las plumas de un pájaro. Cerró las piernas y las volvió a abrir casi al instante, y yo empecé de nuevo, un poco más arriba esta vez. Su vello rizado y brillante me acariciaba la mejilla, y, dulcemente, me puse a lamerla. Su sexo estaba húmedo y ardiente, firme bajo mi lengua, y me entraron ganas de morderlo, pero me incorporé nuevamente. Lou se sentó, sobresaltada, y me cogió la cabeza para volver a colocarla donde estaba. Conseguí librarme a medias.

—No quiero —dije—. No quiero hasta que no haya podido liquidar esa historia con Jean. No puedo casarme con las dos.

Le mordisqueé los pezones. Ella continuaba aferrada a mi cabeza y mantenía los ojos cerrados.

—Jean quiere casarse conmigo —proseguí—. ¿Por qué? No lo sé. Pero si le digo que no, seguro que se las apaña para que tú y yo no podamos vernos.

Lou, callada, se arqueaba bajo mis caricias. Mi mano derecha iba y venía por sus muslos, y ella se abría a cada caricia precisa.

—No veo más que una solución —concluí—. Puedo casarme con Jean y tú vienes con nosotros, y ya encontraremos la manera de vernos.

—No quiero —murmuró Lou.

Su voz sonaba desigual, y casi la habría podido utilizar como un instrumento musical. Cambiaba de entonación a cada nuevo contacto.

—No quiero que le hagas esto...

—No hay nada que me obligue a hacérselo —repliqué.

—¡Házmelo a mí! —exclamó Lou—. ¡Házmelo a mí, enseguida!

Se agitaba, y cada vez que mi mano subía se adelantaba a mi gesto. Incliné la cabeza hacia sus piernas, y, volviéndola del otro lado, con la espalda hacia mí, le levanté una pierna e introduje mi cara entre sus muslos. Tomé su sexo entre mis labios. Se puso rígida de golpe y se relajó casi al instante. La lamí un poco y me retiré. Ella estaba boca abajo.

—Lou —murmuré—. No voy a hacer el amor contigo. No quiero hacerlo hasta que estemos tranquilos. Me casaré con Jean y ya nos apañaremos. Tú me ayudarás.

Se volvió de un solo impulso y me besó con una especie de furia. Sus dientes chocaron con los míos, mientras yo le acariciaba las caderas. Y luego la cogí de la cintura y la puse en pie.

—Vuelve a la cama —le dije—. Ya hemos dicho bastantes tonterías. Sé buena chica y vuelve a la cama.

Me levanté a mi vez y la besé en los ojos. Por fortuna, llevaba un calzoncillo bajo el pijama y pude conservar mi dignidad.

Le puse el sujetador y las braguitas; le sequé los muslos con mi sábana, y por último le puse el deshabillé transparente. Ella, callada, no ofrecía ninguna resistencia, estaba tibia y blanda entre mis brazos.

—A dormir, hermanita —le dije—. Me voy mañana por la mañana. Procura bajar pronto a desayunar, me gustará verte.

Y acto seguido la empujé fuera y cerré la puerta. Las tenía en el bote a las dos. Me sentía lleno de alegría, y probablemente era porque el chico se agitaba bajo sus dos metros de tierra, y entonces le tendí la mano. Es algo grande, estrecharle la mano a un hermano.

16

A los pocos días recibí una carta de Tom. No hablaba mucho de cómo le iban las cosas. Creí entender que había encontrado un trabajo no muy brillante en una escuela de Harlem, y me citaba las Escrituras, dándome la referencia correspondiente, porque sospechaba que yo no estaba muy al corriente de estas cosas. La cita consistía en un versículo del Libro de Job que decía: «Yo tomo mi carne en mis dientes, y coloco mi vida en las palmas de mis manos». Creo que el tipo, según Tom, quería dar a entender con eso que había jugado su última carta o había arriesgado el todo por el todo, y me parece una manera un poco complicada de presentar un plato tan sencillo. Tom no había cambiado en este aspecto. Pero de todos modos era un buen tipo. Le contesté que las cosas me iban bien, y le puse un billete de cincuenta, convencido de que el pobre viejo no comía como debiera.

Por lo demás, no había nada nuevo. Libros y siempre libros. Me estaban llegando las listas de los libros de Navidad, y también hojas que no habían pasado por la central, de tipos que distribuían por su cuenta, pero mi contrato me prohibía meterme en este juego y no iba a prestarme a él. A veces ponía de patitas en la calle a personajes de otra ralea, los que trabajaban en la cosa porno, pero nunca con malos modos. Los tipos esos eran muchas veces negros o mulatos, y yo sé lo mal que lo tiene la gente así; las más de las veces les compraba una o dos revistas y las regalaba a la banda; a Judy le encantaban.

Seguían reuniéndose en el drugstore, y viniendo a verme, y yo seguía tirándome alguna que otra niña de vez en cuando, un día sí y un día no como norma general. Todas más bestias que viciosas. Excepto Judy.

Jean y Lou habían prometido pasar las dos por Buckton antes del fin de semana. Dos citas concertadas por separado: Jean me llamó por teléfono, y Lou no vino. Jean me invitaba a pasar el fin de semana siguiente en su casa, y tuve que contestarle que me era imposible ir. No estaba dispuesto a dejarme manejar como un peón de ajedrez por aquella chica. No se encontraba bien y le habría gustado que yo fuera a verla, pero yo le dije que tenía trabajo atrasado, y ella me prometió que llegaría el lunes hacia las cinco; así tendríamos tiempo de charlar.

En los días que quedaban hasta el lunes no hice nada especial. El sábado por la noche sustituí una vez más al guitarrista del Stork, lo que me supuso quince dólares y la bebida. No pagaban del todo mal en ese tugurio. En casa leía o tocaba la guitarra. El claqué lo tenía un poco abandonado, no me hacía falta con chicas tan fáciles. Volvería a tomármelo en serio cuando me hubiera librado de las dos Asquith. Conseguí cartuchos para el petardo del chico, y compré también varias drogas. Llevé el coche al garaje para que me lo revisaran, y el tipo me arregló bastantes cosas que no funcionaban.

Dex no dio señales de vida durante todo este tiempo. Intenté localizarle el sábado por la mañana, pero se acababa de marchar a pasar el fin de semana fuera, no me dijeron adónde. Supongo que había estado tirándose niñas de diez años en casa de la vieja Anna, porque los otros de la banda tampoco le habían visto en toda la semana.

Por fin, el lunes, a las cuatro y veinte, el coche de Jean se detuvo frente a mi puerta; le importaba un bledo lo que la gente pudiera pensar. Bajó del coche y entró en la tienda. No había nadie. Me propinó un beso de los de su mejor cosecha y le dije que se sentara. No bajé la persiana metálica a propósito, para que quedara bien claro que no me gustaba que hubiera llegado antes de la hora. Como siempre, llevaba la ropa más cara que se puede encontrar, y un sombrero comprado no precisamente en Macy; la envejecía, por otra parte.

—¿Has tenido buen viaje? —le pregunté.

—Está muy cerca —repuso—. Otras veces me había parecido más lejos.

—Llegas antes de la hora —le hice observar.

Miró su reloj de diamantes.

—¡No tanto...! Son las cinco menos veinticinco.

—Las cuatro y veintinueve —precisé—. Vas muy adelantada.

—¿Te molesta?

Había adoptado un aire de coqueta que me enfureció.

—Claro. Tengo cosas más importantes que hacer antes que divertirme.

—Lee —murmuró—, sé amable...

—Soy amable cuando he terminado mi trabajo.

—Sé amable, Lee —repitió—. Voy a tener... Estoy...

Se interrumpió. Yo ya lo había entendido, pero tenía que ser ella quien lo dijera.

—Explícate.

—Voy a tener un hijo, Lee.

—Tú —le dije, amenazándola con el dedo—, tú has hecho cosas feas con un hombre.

Se rió, pero su cara seguía estando tensa.

—Lee, tenemos que casarnos lo antes posible, si no va a ser un escándalo.

—Qué va —la tranquilicé—. Cosas como ésta pasan todos los días.

Adoptaba ahora un tono jovial; había que evitar que se marchara antes de que estuviera todo arreglado. Las mujeres en ese estado se ponen casi siempre nerviosas. Me acerqué a ella y le acaricié los hombros.

—No te muevas —le dije—. Voy a cerrar, estaremos más tranquilos.

Probablemente, con el hijo de por medio sería más fácil librarse de ella. Ahora tenía un buen motivo para borrarse del mapa. Me dirigí a la puerta y accioné el interruptor de la izquierda que ponía en marcha la persiana metálica. Bajó lentamente, sin otro ruido que el de los engranajes que rodaban en su baño de aceite.

Cuando me volví, Jean se había quitado el sombrero y se ahuecaba los cabellos para devolverles su elasticidad; tenía mejor aspecto así; era realmente hermosa.

—¿Cuándo nos marchamos? —quiso saber de repente—. Tal como están las cosas, tiene que ser lo más pronto posible.

—Podemos irnos este fin de semana —respondí—. Ya lo tengo todo a punto; pero tendré que buscarme otro trabajo allí.

—Yo llevaré dinero.

Yo no tenía ninguna intención de dejar que una mujer me mantuviera, aunque fuera una mujer a la que yo estaba decidido a cargarme.

—Esto para mí no quiere decir nada —repliqué—. No se trata de que vivamos de tu dinero. Quisiera que quedara claro de una vez por todas.

No me contestó. Rebullía en su silla como si quisiera decir algo y no se atreviera.

—Venga —la animé—. Suéltalo ya. ¿Qué es lo que has hecho sin decírmelo?

—He escrito allí —dijo—. Vi la dirección en un anuncio, dicen que es un lugar desierto, para los amantes de la soledad y para los enamorados que quieren pasar una luna de miel tranquila.

—Si todos los enamorados que quieren estar solos se dan cita allí, va a haber una bonita aglomeración.

Se rió. Parecía más tranquila. No era mujer que se guardara las cosas dentro.

—Me han contestado —prosiguió—. Pasaremos las noches en un bungaló y comeremos en el hotel.

—Lo mejor que puedes hacer —dije yo— es ir tú primero, y yo iré más tarde. Así tendré tiempo de dejarlo todo en orden.

—Preferiría ir contigo.

—Es imposible. Vuelve a tu casa, para no dar la alarma, y no hagas la maleta hasta el último momento. No vale la pena que te lleves gran cosa. Y no dejes ninguna carta diciendo adónde vas. Tus padres no tienen por qué saberlo.

—¿Y tú cuándo vendrás?

—El lunes próximo. Saldré de aquí el domingo por la noche.

Era poco probable que alguien advirtiera mi partida un domingo por la noche. Pero quedaba un problema: Lou.

—Supongo —añadí— que ya se lo habrás dicho a tu hermana.

—Aún no.

—Se lo debe de imaginar. De todos modos, te conviene decírselo. Puede servirte de intermediaria. Os entendéis bien, ¿no?

—Sí.

—Entonces díselo, pero dile sólo qué día te marchas, y le dejas la dirección, pero de manera que no pueda encontrarla hasta que te hayas marchado.

—¿Y cómo lo hago?

—Puedes meterla en un sobre y echarla al correo cuando estés a trescientos o cuatrocientos kilómetros de tu casa. Puedes dejarla escondida en un cajón. Hay mil maneras.

—Todos estos enredos no me gustan. Lee, ¿por qué no podemos marcharnos tranquilamente los dos, y decir a todo el mundo que queremos estar solos?

—No puede ser —repliqué—. Para ti está bien. Pero yo no tengo dinero.

—Me da igual.

—Mírate en el espejo —dije—. Te da igual porque tienes.

—No me atrevo a decírselo a Lou. Tiene sólo quince años.

Mc reí.

—¿Y la tomas por una niña de teta? Tendrías que saber que en las familias en las que hay varias hermanas la más joven lo aprende todo casi al mismo tiempo que la mayor. Si tuvieras una hermana de diez años, sabría tantas cosas como Lou.

—Pero Lou no es más que una niña.

—Claro. Basta ver cómo se viste. Y también los perfumes que se echa son buena prueba de su inocencia. Tienes que decírselo a Lou. Te repito que necesitas a alguien en tu casa que haga de intermediario entre tú y tus padres.

—Preferiría que este intermediario no lo supiera.

Me reí con toda la maldad que fui capaz de encontrar.

—No estás muy orgullosa del tipo que has pescado, ¿eh?

Le empezó a temblar la boca y creí que se echaría a llorar. Se levantó.

—¿Por qué dices estas maldades? ¿Te gusta hacerme daño? Lo único que quería decir es que tengo miedo...

—¿Miedo de qué?

—Miedo de que me abandones antes de que nos casemos.

Me encogí de hombros.

—¿Y te parece que el matrimonio me retendría, si quisiera abandonarte?

—Si tenemos un hijo, sí.

—Si tenemos un hijo no podré conseguir el divorcio, de acuerdo; pero esto no bastará para evitar que te deje si me apetece...

Esta vez se echó a llorar. Se dejó caer de nuevo en la silla e inclinó la cabeza, y las lágrimas se deslizaron por sus mejillas. Me di cuenta de que estaba yendo un poco demasiado aprisa, y me acerqué a ella. Le puse una mano en la nuca y la acaricié.

—¡Oh, Lee! —dijo ella—. Es todo tan distinto de como yo lo había imaginado. Creía que estarías contento de poder tenerme del todo.

Contesté alguna estupidez, y entonces ella se puso a vomitar. No tenía nada a mano, ni siquiera un trapo, y tuve que correr a la trastienda a buscar la bayeta de la mujer que hacía la limpieza. Supongo que era el niño lo que la ponía enferma. Cuando dejó de hipar, le sequé la cara con su pañuelo. Tenía los ojos brillantes de lágrimas, como lavados, respiraba con fuerza. Se había ensuciado los zapatos, y se los limpié con un pedazo de papel. El olor me molestaba, pero me incliné hacia ella y la besé. Se apretó violentamente contra mí, murmurando incoherencias. Tenía mala suerte con aquella chica. O bebía demasiado o jodía demasiado, pero siempre estaba enferma.

—Tienes que irte ya —le dije—. Vuelve a casa. Cuídate, y el jueves por la noche haces la maleta y te largas. Yo iré el lunes. Ya he pedido la licencia.

Pareció rehacerse de golpe y sonrió, incrédula.

—Lee..., ¿es verdad?

—Pues claro.

—Lee, te adoro... Sabes, vamos a ser tan felices...

Realmente era poco rencorosa. Las chicas no acostumbran a ser tan conciliadoras. La puse en pie y le acaricié los pechos a través del vestido. Se puso tensa y se echó hacia atrás. Quería que siguiera. Yo habría preferido ventilar la habitación, pero ella se aferró a mí y, con una mano, me desabrochó el pantalón. Le levanté el vestido y me la tiré encima de la larga mesa en la que los clientes dejaban los libros que habían estado hojeando; ella tenía los ojos cerrados y parecía muerta. Cuando sentí que se relajaba, seguí hasta que se puso a gemir, y me corrí en su vestido, y entonces se levantó y, llevándose una mano a la boca, vomitó de nuevo.

Luego yo la puse en pie, le abroché el abrigo, la arrastré hasta su coche pasando por la puerta trasera y la instalé al volante. Tenía todo el aspecto de estar en babia, pero reunió sus últimas fuerzas para morderme el labio inferior hasta hacerme sangrar; yo no me inmuté y contemplé cómo se marchaba. Pienso que el coche, afortunadamente para ella, se sabía el camino.

Luego me fui a casa y me di un baño, para quitarme aquel olor.

17

Hasta aquel momento no había pensado en las complicaciones que me iba a acarrear la idea de cargarme a las dos tías esas. En el momento en que pensé en ellas me entraron ganas de abandonar mi proyecto y renunciar a todo, y seguir vendiendo libros como si nada. Pero tenía que hacerlo por el chico, y también por Tom, y también por mí mismo. Conocía a tipos que estaban más o menos en mi caso y que olvidaban la sangre que corría por sus venas, se ponían del lado de los blancos en todo momento y no dudaban en golpear a los negros cuando se presentaba la ocasión. A éstos me los habría cargado con un cierto placer, pero había que hacer las cosas poco a poco. Primero las Asquith. Para suprimir a otra gente había tenido treinta y seis ocasiones: los de la banda, por ejemplo, Judy, Jicky, Bill y Betty, pero no tenían ningún interés. No eran lo bastante representativos. Los Asquith iban a ser mi ensayo general. Luego pensaba que podría arreglármelas para cargarme a un tipo importante cualquiera. No un senador, pero algo por el estilo. Pero primero tenía que pensar un poco en la manera de huir una vez muertas esas dos hembras.

Lo mejor sería simular un accidente de automóvil. La policía se preguntaría qué hacían las dos cerca de la frontera, y dejaría de preguntárselo después de la autopsia, cuando se descubriera que Jean estaba embarazada. Lou habría acompañado simplemente a su hermana. Y yo. Yo no tendría nada que ver. Luego, una vez tranquilo y el asunto liquidado, se lo iría a decir a sus padres. Para que supieran que a sus hijas se las había cargado un negro. Esto me obligaría a cambiar de aires durante algún tiempo, y luego sólo tendría que volver a empezar. Era un plan estúpido, pero cuanto más estúpidos mejor salen. Estaba seguro de que Lou se presentaría allí antes de ocho días: la tenía en mis manos. Un paseo con su hermana. Jean conducía, y entonces se mareó. Es normal, estando embarazada. Yo tendría tiempo para saltar. Seguro que allí donde íbamos encontraría un terreno adecuado para esta pequeña representación... Lou iría delante con su hermana, yo detrás. Lou sería la primera, y si Jean soltaba el volante al ver cómo me ocupaba de ella, el trabajo ya estaría hecho.

Pero este asunto del coche no terminaba de gustarme. En primer lugar, no es muy original. En segundo lugar, y sobre todo, todo terminaría demasiado aprisa. Yo necesitaba tiempo para decirles por qué, necesitaba que se vieran en mis manos, que se dieran cuenta de lo que les esperaba.

El coche, de acuerdo, pero luego. Sería el último acto. Por fin lo había encontrado. Primero las llevaría a un lugar apartado. Y allí me las cargaría. Y les explicaría por qué. Las volvería a meter en el coche, y el accidente. Tan sencillo como el plan anterior y más satisfactorio. ¿Sí? ¿Tanto como eso?

Seguí pensando en todos los detalles durante algún tiempo. Me estaba poniendo nervioso. Y luego deseché todas esas ideas y me dije que las cosas no ocurrirían tal como yo pensaba, y me acordé del chico. Y me acordé de mi última conversación con Lou. Había logrado despertar en ella algo que se iba volviendo cada vez más preciso. Y por ese algo valía la pena correr el riesgo. Si podía, el coche. Si no, daba igual. La frontera no estaba lejos, y en México no existe la pena de muerte. Creo que todo el tiempo había tenido vagamente en la cabeza este proyecto que ahora tomaba forma, y, de hecho, acababa de darme cuenta a qué correspondía.

Bebí bastante bourbon durante aquellos días. Mi cerebro trabajaba duro. Me agencié más material, aparte de los cartuchos: compré un pico, una pala y una cuerda. No sabía aún si mi último proyecto iba a funcionar. En caso de que así fuera, iba a necesitar la munición de todos modos; en caso contrario, podía serme útil lo demás. Y el pico y la pala eran un seguro para otra idea que se me acababa de ocurrir. Soy de la opinión de que la gente que prepara un golpe se equivoca al fijarse desde el principio un plan perfectamente estudiado: hay que dejar que el azar actúe un poco. Pero cuando llega el momento propicio, hay que tener a mano todo lo necesario. No sé si era un error no preparar nada preciso, pero es que cada vez que pensaba en esa historia del coche y del accidente me gustaba menos. No había tenido en cuenta un elemento importante, el factor tiempo: tendría mucho tiempo por delante y evité concentrarme en este asunto. Nadie sabía adónde íbamos y pensaba que Lou no se lo diría a nadie, si nuestra última conversación le había producido el efecto deseado. Esto lo sabría tan pronto como llegara.

Y luego, en el último momento, una hora antes de marcharme, me invadió una especie de terror, y me pregunté si encontraría a Lou al llegar. Fue el peor momento que he pasado en mi vida. Me quedé sentado a la mesa y bebí. No sé cuántos vasos, pero tenía el cerebro tan lúcido como si el bourbon de Ricardo se hubiera transformado en simple agua pura, y vi lo que tenía que hacer tan claramente como había visto la cara de Tom cuando el bidón de gasolina hizo explosión en la cocina; bajé al drugstore para encerrarme en la cabina de teléfonos. Marqué el número de conferencias y pedí Prixville, y me pusieron la comunicación enseguida. La sirvienta me dijo que iba a llamar a Lou, y al cabo de cinco segundos estaba allí.

—¿Dígame?

—Aquí Lee Anderson. ¿Cómo estás?

—¿Qué pasa?

—Jean se ha marchado, ¿no?

—Sí.

—¿Sabes adónde va?

—Sí.

—¿Te lo ha dicho ella?

La oí que se reía sarcásticamente.

—Puso un anuncio en el periódico.

La niña no era tonta. Debía de haberse dado cuenta de todo desde el principio.

—Ahora paso a buscarte —le dije.

—¿No vas con ella?

—Sí. Contigo.

—No quiero.

—Sabes perfectamente que irás.

No contestó, y yo proseguí:

—Todo es mucho más fácil si te llevo conmigo.

—Entonces, ¿para qué ir por Jean?

—Tenemos que decirle...

—¿Decirle qué?

Esta vez me tocó reírme a mí.

—Te lo recordaré durante el viaje. Haz la maleta y vente conmigo.

—¿Dónde te espero?

—Salgo ahora. Estaré ahí dentro de dos horas.

—¿Con tu coche?

—Sí. Espérame en tu habitación. Tocaré la bocina tres veces.

—Me lo pensaré.

—Hasta luego.

No esperé su respuesta y colgué. Y cogí el pañuelo para secarme la frente. Salí de la cabina. Pagué y volví a subir a casa. Mi equipaje estaba ya en el coche, y el dinero lo llevaba encima. Había escrito a la central una carta en la que les explicaba que había tenido que ir a ver a mi hermano enfermo; Tom sabría perdonármelo. No había pensado qué haría con mi trabajo de librero; tanto no me molestaba. De momento no quemaba las naves. Hasta el presente había vivido sin dificultades y sin conocer la incertidumbre, nunca, bajo ningún aspecto, pero esta historia empezaba a excitarme, y las cosas no me iban tan sobre ruedas como de costumbre. Hubiera querido estar ya allí y resolver el asunto y poder dedicarme a otra cosa. No puedo soportar tener un trabajo a medio hacer, y con esto me ocurría lo mismo. Miré a mi alrededor para comprobar que no olvidaba nada y cogí mi sombrero. Luego salí y cerré la puerta. Me quedé con la llave. El Nash me esperaba una manzana más allá. Puse el contacto y arranqué. Apenas hube salido de la ciudad pisé a fondo el acelerador y dejé correr el coche.

18

La carretera estaba terriblemente oscura, menos mal que no había mucha circulación. Más que nada camiones, en dirección contraria. Hacia el sur no iba casi nadie. Yo estaba forzando el coche al máximo. El motor roncaba como el de un tractor, y el termómetro marcaba ciento noventa y cinco, pero seguí apretando y, de momento, el coche aguantaba.

Quería sólo calmarme los nervios. Al cabo de una hora de aquel fragor empecé a sentirme mejor y entonces aflojé un poco y volví a oír los chirridos de la carrocería.

La noche era húmeda y fría. El invierno empezaba a hacerse notar, pero yo tenía el abrigo en la maleta. ¡Dios mío, nunca había pasado tanto frío! Iba mirando los indicadores, pero el camino no era complicado. De vez en cuando había una estación de servicio y cuatro o cinco casuchas, y luego otra vez la carretera. Algún animal salvaje, frutales o campos, o a veces nada.

Pensaba tardar dos horas en recorrer los ciento sesenta kilómetros. En realidad son ciento sesenta y cuatro o ciento sesenta y cinco, más el tiempo que se pierde en salir de Buckton y el tiempo de dar vueltas al jardín cuando llegara. Me planté en casa de Lou en poco más de hora y media. Le había exigido al Nash todo lo que podía darme. Pensé que Lou debía de estar ya lista, y en consecuencia crucé la verja, me acerqué lo más posible a la casa e hice sonar la bocina tres veces. Al principio no oí nada. Desde donde estaba no veía su ventana, pero no me atrevía a bajar del coche y no quería volver a tocar la bocina, para no dar la alarma.

Me quedé allí esperando y me di cuenta de que me temblaban las manos cuando encendí un cigarrillo para calmar mis nervios. Lo tiré a los dos minutos y estuve dudando un buen rato antes de volver a tocar la bocina tres veces. Finalmente, cuando ya me disponía a bajar del coche, adiviné que estaba por llegar. Me volví y la vi que se acercaba.

Iba sin sombrero y con un abrigo de un color claro y llevaba como único equipaje una bolsa de cuero marrón que parecía a punto de estallar. Subió y se sentó a mi lado sin decir palabra. Me incliné sobre ella para cerrar la puerta, pero no intenté besarla. Estaba tan impenetrable como la puerta de una caja fuerte.

Arranqué y giré para volver a la carretera. Lou miraba fijo al frente. Yo la miraba a ella por el rabillo del ojo, y pensaba que una vez fuera de la ciudad las cosas irían mejor. Hice otros ciento sesenta kilómetros a todo gas. Se empezaba a notar que el sur no estaba ya tan lejos. El aire más seco y la noche no tan oscura. Pero aún tenía que tragarme ochocientos o novecientos kilómetros mas.

No me sentía capaz de estar al lado de Lou sin decirle nada. Y su perfume había invadido el coche entero, lo que, en cierto modo, me excitaba terriblemente, porque la recordaba de pie en su habitación con las bragas hechas pedazos y sus ojos de gato, y suspiré fuerte para que se diera cuenta. Pareció despertarse, o, de alguna manera, volver a la vida, e intenté dar a la atmósfera un poco más de cordialidad, porque la situación seguía siendo un poco tensa.

—¿No tienes frío?

—No.

Se estremeció, lo que la puso aún de peor humor. Pensé que estaba representando una especie de escena de celos, pero yo estaba ocupado conduciendo el coche, y con sólo palabras no iba a ir muy aprisa en arreglar la cosa, si ella ponía tal mala voluntad. Levanté una mano del volante y rebusqué en la guantera. Saqué una botella de whisky y la dejé sobre sus rodillas. Había también un vaso de baquelita. Lo cogí y lo dejé junto a la botella, luego cerré la guantera y puse la radio. Tendría que habérseme ocurrido antes, pero es que, decididamente, me sentía incómodo.

Lo que me atormentaba era la idea de que aún estaba todo por hacer. Afortunadamente, ella cogió la botella, la destapó, se sirvió un vaso y se lo bebió de un trago. Yo tendí la mano. Ella volvió a llenar el vaso y volvió a vaciarlo de un trago. Sólo entonces me sirvió a mí. Ni me enteré de lo que bebía, y le devolví el vaso. Lo volvió a meter todo en la guantera, se relajó un poco en su asiento y se desabrochó los dos botones del abrigo. Llevaba un traje sastre bastante corto, con las solapas muy anchas. Se desabrochó también la chaqueta. Debajo llevaba un jersey amarillo limón encima mismo de su piel desnuda, y por razones de seguridad me obligué a mirar a la carretera.

Ahora el coche olía a su perfume y a alcohol, y un poco a tabaco, un olor de los que se te suben a la cabeza. Pero dejé las ventanillas cerradas. Seguimos sin hablarnos durante media hora y entonces ella volvió a abrir la guantera y se tomó dos vasos más. Ahora tenía calor y se quitó el abrigo. Durante la operación hizo un movimiento acercándose a mí, y yo me incliné un poco y la besé en el cuello, justo debajo de la oreja. Se alejó bruscamente y se volvió para mirarme. Y entonces se echó a reír. Me parece que el whisky empezaba a hacer su efecto. Conduje otros ochenta kilómetros en silencio, y luego la ataqué, ya de forma definitiva.

—¿No te encuentras bien?

—Yo, bien —dijo, con lentitud.

—¿No te apetece salir con tu amigo Lee?

—¡Que estoy bien!

—¿No tienes ganas de ir a ver a tu hermana?

—No me hables de mi hermana.

—Es buena chica.

—Sí, y jode bien, ¿no?

Me quedé de una pieza. Si me lo hubiera dicho otra, Judy, Jicky, B. J. o quien fuera, ni le habría prestado atención, pero Lou... Se dio cuenta de mi asombro y se echó a reír estrepitosamente.

Cuando reía, se notaba que había bebido.

—¿No se dice así?

—Sí —asentí—. Exactamente así.

—¿Y no es esto lo que hace Jean?

—No lo sé aún.

Se rió otra vez.

—No te esfuerces, Lee. Ya no soy tan niña como para creer que los niños se tienen por besarse en la boca.

—¿Quién ha hablado de niños?

—Jean espera un bebé.

—¿Te has vuelto loca?

—Te aseguro, Lee, que no vale la pena que sigas. Yo sé lo que sé.

—No me he acostado con tu hermana.

—No poco.

—No lo he hecho, y aunque lo hubiera hecho, no espera ningún niño.

—¿Y entonces por qué está siempre mala?

—También se puso mala en casa de Jicky y yo no le había hecho ningún hijo. A tu hermana lo que le pasa es que tiene el estómago delicado.

—¿Y el resto? ¿El resto no es delicado?

Y la emprendió a puñetazos conmigo. Yo escondí la cabeza entre los hombros y aceleré. Me golpeaba con todas sus fuerzas; no es que fuera gran cosa, pero de todos modos se notaba. A falta de músculos, tenía nervios, y un buen entrenamiento de jugar al tenis. Cuando se detuvo, me sacudí.

—¿Estás mejor?

—Me encuentro perfectamente. Y Jean ¿se encontraba bien después?

—¿Después de qué?

—Después de que la hubieras jodido.

Seguramente le producía un placer considerable repetir esa palabra. Si en aquel momento le hubiera pasado la mano por la entrepierna, estoy seguro de que habría tenido que secarme.

—¡Oh, ya lo había hecho otras veces! —repliqué.

Se desencadenó una nueva avalancha.

—Eres un cerdo mentiroso, Lee Anderson —jadeaba por el esfuerzo y seguía con la mirada fija en la carretera.

—Creo que me gustaría más joderte a ti —le dije—. Hueles mejor que Jean y tienes más pelos en el coño que ella. Pero Jean jode bien. La echaré de menos cuando la hayamos eliminado.

No se movió. Lo encajó igual que había encajado el resto. Yo tenía un nudo en la garganta, y de momento me quedé como deslumbrado, porque empezaba a darme cuenta.

—¿Lo haremos enseguida —murmuró Lou—, o esperaremos a después?

—¿Haremos qué? —inquirí.

Me costaba hablar.

—¿Me vas a joder...? —dijo en voz tan baja que, más que oírla, adiviné lo que decía.

Ahora yo estaba tan excitado como un toro, casi me dolía.

—Primero tenemos que hacerla desaparecer... —respondí.

Lo hice sólo para ver si de verdad la tenía en mis manos.

—No quiero —dijo ella.

—¿Tanto quieres a tu hermana, eh? ¡Te echas atrás!

—No quiero esperar...

Por fortuna para mí, vi una estación de servicio y detuve el trasto. Tenía que pensar en otra cosa, si no iba a perder mi sangre fría. Me quedé sentado y le dije al tipo que me llenara el depósito. Lou abrió la puerta y saltó a tierra. Murmuró unas palabras y el hombre le indicó la barraca. Desapareció en aquella dirección y regresó al cabo de diez minutos. Aproveché para hinchar el neumático que estaba un poco bajo y para pedirle al tipo que me trajera un sándwich que no pude comerme.

Lou volvió a subir al coche. El hombre ya me había cobrado y se había vuelto a dormir. Puse otra vez en marcha el coche y comencé a conducir a tumba abierta durante una o dos horas más. Lou había dejado de moverse. Parecía dormir; yo me había calmado por completo cuando, de repente, se incorporó, abrió la guantera y esta vez se tomó tres vasos, uno tras otro.

Yo no podía verla moverse sin excitarme de nuevo. Intenté seguir conduciendo, pero quince kilómetros más adelante detuve el coche a un lado de la carretera. Era aún de noche; sin embargo, se empezaba a sentir la llegada del alba, y en aquel lugar no hacía viento. Algunos árboles y arbustos. Habíamos pasado por una ciudad media hora antes, más o menos.

Después de poner el freno de mano cogí la botella y me aticé un buen trago, y luego le dije que se bajara. Abrió la puerta, cogió su bolso y yo la seguí; iba hacia los árboles, y cuando llegamos a ellos se detuvo y me pidió un cigarrillo; me los había dejado en el coche. Le dije que me esperara; ella empezó a revolver en su bolso para ver si encontraba, pero yo ya me había marchado y fui corriendo hasta el coche. Cogí también la botella. Estaba casi vacía, pero llevaba otras en el maletero.

Cuando volví me costaba caminar y empecé a desabrocharme antes de llegar a donde estaba ella; en aquel momento vi el resplandor del disparo, y, en el mismo instante, tuve la sensación de que mi codo izquierdo estallaba; el brazo se me quedó inerte a lo largo del tórax; si no llego a estar acicalándome, me mete la bala en los pulmones.

Todo esto lo pensé en un segundo; al segundo siguiente estaba encima de ella y le retorcía la muñeca, y luego le apliqué un puñetazo en la sien, con todas mis fuerzas, porque estaba intentando morderme; pero me encontraba en mala posición y sufría como un condenado. Lo encajó y se cayó al suelo, donde quedó inmóvil; pero esto no me bastaba. Recogí el revólver y me lo metí en el bolsillo. No era más que un 6,35, como el mío, pero la mala puta tenía puntería. Volví al coche corriendo. Me sostenía el brazo izquierdo con la mano derecha, y debía de hacer muecas peores que las de una máscara china, pero estaba tan furioso que no me daba cuenta de lo que me dolía.

Encontré lo que buscaba; una cuerda, y volví sobre mis pasos. Lou empezaba a moverse. Yo no disponía más que de una mano para atarla y me costó, pero una vez hube terminado me puse a abofetearla; le arranqué la falda, le desgarré el jersey y la abofeteé de nuevo. Tuve que sujetarla con la rodilla mientras intentaba quitarme la maldita chaqueta, pero sólo conseguí desabrocharla. Había ya un poco de luz; pero buena parte de su cuerpo se encontraba precisamente en la sombra más oscura del árbol.

Entonces quiso hablar y me dijo que no la iba a conseguir tan fácilmente, y que acababa de telefonear a Dex para que éste llamara a la poli, y que desde que yo había hablado de eliminar a su hermana pensaba que yo era un crápula. Me eché a reír y también ella se permitió una especie de sonrisa, y entonces le arreé un puñetazo en la mandíbula. Tenía el pecho duro y frío; intentando mantener el dominio de mí mismo, le pregunté por qué había disparado contra mí; me contestó que yo era una mierda de negro, que Dexter se lo había dicho, y que se había venido conmigo para advertírselo a Jean, y que me odiaba como nunca había odiado a nadie.

Me volví a reír. Los latidos de mi corazón eran como golpes de martillo de forja y me temblaban las manos, y el brazo me sangraba mucho; un líquido viscoso me resbalaba por el antebrazo.

Entonces le repliqué que los blancos habían matado a mi hermano, y que yo iba a ser más duro de pelar, pero que ella, pasara lo que pasase, la pringaba, y le apreté un pecho hasta que estuvo a punto de desmayarse, pero no dijo ni pío. La abofeteé a muerte. Había abierto los ojos de nuevo. Empezaba a clarear y se los veía brillar de lágrimas y de rabia. Me incliné hacia ella; creo que relinchaba como una especie de bestia, y ella se puso a chillar. Le mordí de lleno en la entrepierna. Me quedó la boca llena de sus pelitos negros y duros; aflojé un poco y volví a empezar más abajo, donde era más tierno. Nadaba en su perfume, hasta allí llevaba, y apreté los dientes. Intenté taparle la boca con la mano, pero chillaba como un cerdo, con unos gritos que ponían la carne de gallina. Entonces apreté los dientes con todas mis fuerzas y me metí hasta el fondo. La sangre meaba en mi boca y ella se retorcía a pesar de las cuerdas. Yo tenía la cara llena de sangre y me eché un poco atrás, hasta quedar de rodillas. En mi vida había oído a una mujer chillar así; de repente, me di cuenta de que me corría en los calzoncillos; fue una sacudida como no la había sentido nunca, pero tuve miedo de que viniera alguien. Encendí una cerilla y vi que sangraba a chorro. Entonces me puse a golpearla, al principio sólo con el puño derecho, en la mandíbula, oía cómo se le iban quebrando los dientes y seguía golpeando, quería que dejara de gritar. Pegué más fuerte y luego recogí su falda, se la metí en la boca y me senté encima de su cabeza. Se revolvía como una lombriz. Nunca hubiera imaginado que tuviera tanto apego a la vida; hizo un movimiento tan violento que pensé que el antebrazo izquierdo se me desgajaba; me di cuenta de que estaba tan fuera de mí que la habría despellejado; entonces me levanté para rematarla a patadas y le puse el zapato en la garganta y me apoyé con todo mi peso. Cuando dejó de moverse sentí que me corría otra vez. Ahora me temblaban las rodillas, y tenía miedo de desvanecerme.

19

Hubiera tenido que ir por el pico y la pala y enterrarla allí mismo, pero tenía miedo de la policía. No quería que me cogieran antes de haber liquidado a Jean. Seguro que era el chico el que ahora me guiaba; me arrodillé ante Lou. Deshice la cuerda que le ataba las manos; había surcos profundos en las muñecas, y era flácida al tacto como lo son los muertos cuando están muertos; ya los pechos habían perdido su turgencia. No le quité la falda de la cara. No quería verle más la cara, pero le cogí el reloj. Necesitaba algo que le perteneciera.

Me acordé de repente de mi cara y corrí al trasto. Me miré en el retrovisor y comprobé que la cosa tenía fácil arreglo. Me lavé con un poco de whisky; ya no me sangraba el brazo; conseguí sacarlo de la manga y atármelo al torso con mi pañuelo y un trozo de cuerda. Se me saltaban las lágrimas del daño que me hacía, porque tuve que doblarlo; finalmente lo logré con la ayuda de una segunda botella que saqué del maletero. Había perdido ya demasiado tiempo, y el sol no tardaría en aparecer. Cogí el abrigo de Lou del coche y se lo eché por encima, no quería llevarlo conmigo. No sabía dónde tenía las piernas, pero me temblaban un poco menos las manos.

Me senté de nuevo al volante y arranqué. Me preguntaba qué había podido contarle a Dex; lo que me había dicho de la policía empezaba a preocuparme, pero tampoco me lo tomaba muy en serio. Quedaba relegado a un segundo plano, era como una música de fondo.

Ahora quería a Jean, quería sentir de nuevo lo que por dos veces había sentido al cargarme a su hermana. Había encontrado por fin lo que siempre había buscado. La policía me molestaba, claro está, pero en otro sentido; no conseguirían evitar que hiciera lo que quería hacer, les llevaba demasiada ventaja. Tendrían que sudar para darme alcance. Me quedaban menos de quinientos kilómetros por recorrer. Ahora mi brazo izquierdo había perdido más o menos la sensibilidad, y pisé el pedal a fondo.

20

Los recuerdos empezaron a acudir a mi mente como una hora antes de llegar. Me acordé del día que cogí una guitarra por primera vez. Era en casa de un vecino, que me daba lecciones a escondidas; me enseñaba una sola canción, *When the Saints go marchin' on*, y aprendí a tocarla entera, comprendido el *break*, y a cantarla al mismo tiempo. Y una noche me llevé la guitarra del vecino a casa para darles una sorpresa; Tom se puso a cantar conmigo; el chico estaba como loco, empezó a bailar dando vueltas alrededor de la mesa como si estuviera siguiendo un desfile; había cogido un bastón y hacía molinetes con él. En aquel momento llegó mi padre y rió y cantó con nosotros. Le devolví la guitarra al vecino, pero al día siguiente encontré una encima de mi cama; era de ocasión, pero estaba en buen estado. Ensayaba un poco todos los días. La guitarra es un instrumento que te vuelve perezoso. La coges, tocas cualquier cosa, la dejas, te das una vuelta por ahí, la vuelves a coger para marcarte un par de acordes o acompañarte mientras silbas. Los días pasan volando así.

Un bache en la carretera me devolvió a la realidad. Creo que me estaba durmiendo. Ya no sentía para nada el brazo izquierdo, y tenía una sed terrible. Intenté volver a pensar en los viejos tiempos para cambiar de ideas, porque estaba tan impaciente por llegar que, cada vez que tomaba conciencia de ello, el corazón me volvía a latir en las costillas y la mano derecha se me ponía a temblar sobre el volante; y con una sola mano no andaba muy sobrado para conducir. Me pregunté qué debía de estar haciendo Tom en aquel momento; seguramente rezando o enseñándoles cosas a los niños; a través de Tom llegué a Clem y a la ciudad, Buckton, donde había vivido tres meses encargándome de una librería que me daba buen dinero; recordé a Jicky, y la vez que me la había tirado en el agua, y el río tan transparente aquel día. Jicky tan joven, tersa y desnuda como un bebé, y, de repente, eso hizo que me acordara de Lou y de su vello negro, rizado y tupido, y del gusto que tenía cuando la mordí, un gusto dulzón y un poco salado al mismo tiempo, con el olor a perfume de sus muslos, y sus gritos resonaron de nuevo en mi oído; el sudor me resbalaba por la frente, y no podía soltar el maldito volante para secarme. Tenía el estómago como hinchado de gas y me pesaba sobre el diafragma para aplastarme los pulmones, y Lou me chillaba al oído; llevé la mano a la bocina del volante; la de carretera era el aro de ebonita, el botón negro del centro era la de ciudad, y las apreté las dos al mismo tiempo para ahogar los gritos.

Debía estar corriendo a ciento treinta y cinco kilómetros por hora, más o menos; era casi todo lo que el coche daba de sí, pero entonces vino una pendiente y vi que la aguja ganaba dos puntos, tres, luego cuatro. Hacía ya un buen rato que era de día. Ahora empezaba a cruzarme con otros coches y a adelantar a alguno de vez en cuando. A los pocos minutos solté las dos bocinas, porque podía encontrarme con la poli de tráfico y no tenía gasolina suficiente como para dejarlos atrás. Cuando llegara cogería el coche de Jean, pero, ¡Dios mío!, ¿cuándo iba a llegar?

Creo que me puse a soltar gruñidos dentro del coche, a gruñir como un cerdo, por entre los dientes, para ir más aprisa, y entré en una curva sin reducir, haciendo chirriar terriblemente los neumáticos. El Nash se desplazó con violencia, pero recuperó la estabilidad, después de haber llegado casi al borde izquierdo de la carretera. Seguí pisando a fondo y ahora me reía y estaba tan contento como el chico el día que daba vueltas alrededor de la mesa cantando *When the Saints...*, y se me había pasado el miedo.

21

El maldito temblor me volvió, de todos modos, apenas llegué al hotel. Eran casi las once y media; Jean debía de esperarme para almorzar, tal como habíamos quedado. Abrí la puerta de la derecha y bajé por este lado, ya que, con mi brazo, no tenía otra opción.

El hotel era una especie de caserón blanco, según la moda de la región, con las persianas bajadas. En aquel lugar había aún sol, a pesar de que estábamos ya a finales de octubre. No encontré a nadie en el salón de la planta baja. No era el suntuoso palacio que prometía el anuncio, pero en cuanto a estar aislado no podía pedirse nada mejor.

Conté en los alrededores una docena escasa de barracones, uno de los cuales era una estación de servicio al mismo tiempo que un bar, apartado de la carretera y destinado sin duda a los camioneros. Volví a salir del hotel. Por lo que recordaba, los bungalós en los que se dormía estaban separados del mismo, e imaginé que estarían al final del camino, bordeado de árboles raquíticos y de una hierba como leprosa, que formaba ángulo recto con la carretera. Dejé el Nash y lo seguí. Giraba enseguida y, también enseguida, encontré el coche de Jean aparcado frente a una casucha de dos habitaciones bastante limpia. Entré sin llamar.

Estaba sentada en un sillón y parecía dormir; tenía mal aspecto, pero iba tan bien vestida como siempre. Quise despertarla; el teléfono —había un teléfono— se puso a sonar en el mismo momento. Me alarmé como un estúpido y me precipité hacia él. El corazón se me aceleraba nuevamente. Descolgué y volví a colgar enseguida. Sabía que el que llamaba sólo podía ser Dexter, Dexter o la policía. Jean se restregaba los ojos. Se levantó y, antes que nada, la besé hasta hacerla chillar. Se despertó un poco mejor; le pasé el brazo por la cintura para llevármela. En ese momento vio mi manga vacía.

—¿Qué te ha pasado, Lee?

Parecía preocupada. Me reí. Lo hice muy mal.

—No es nada. Me he caído tontamente del coche y me he hecho daño en el codo.

—Pero ¡si tienes sangre!

—Un rasguño... Ven, Jean. Estoy harto de este viaje. Quisiera estar solo contigo.

Entonces el teléfono se puso a sonar otra vez, y fue como si la corriente eléctrica pasara a través de mí en vez de pasar por los hilos. No pude contenerme; agarré el aparato y lo estrellé contra el parquet.

Lo destrocé a taconazos. De repente era como si estuviera aplastando la cara de Lou. Volví a sudar y estuve a punto de largarme. Sabía que me temblaba la boca y que debía de parecer que me había vuelto loco.

Afortunadamente, Jean no insistió. Salió y le dije que subiera a su coche; íbamos un poco más lejos para estar tranquilos y luego volveríamos para comer. Era ya la hora, pero ella parecía como amorfa. Creo que se encontraba mal, como siempre, por culpa de ese hijo que esperaba. Pisé el acelerador. El coche arrancó aplastándonos contra los respaldos; esta vez todo estaba ya a punto de terminar; el sonido de ese motor me devolvía la calma. Me disculpé como pude por lo del teléfono; Jean empezaba a darse cuenta de que yo me estaba volviendo loco, y ya era hora de que dejara de volverme loco. Se apretaba contra mí y apoyaba la cabeza en mi hombro...

Esperé a que hubiéramos recorrido treinta kilómetros para buscar un lugar donde parar. En aquel lugar la carretera pasaba por encima de un terraplén; me dije que el lugar adecuado estaría al final de la pendiente. Detuve el coche. Jean fue la primera en bajar. Busqué el revólver de Lou en mi bolsillo. No quería utilizarlo enseguida. Hasta con un solo brazo podía hacer lo que quisiera de Jean. Se agachó para atarse un zapato y le vi los muslos por debajo de la corta falda que le ceñía estrechamente las caderas. Sentí que se me secaba la boca. Se había detenido junto a un arbusto. Había un rincón desde el que no se veía la carretera estando sentado.

Se tendió en el suelo; la poseí allí, enseguida, pero sin dejarme ir del todo. Procuré mantener la calma, a pesar de sus increíbles movimientos de cadera; conseguí hacerla gozar antes de haberlo logrado yo mismo. Entonces le hablé:

—¿Siempre te produce el mismo efecto, acostarte con negros?

No contestó. Estaba completamente idiotizada.

—Porque yo, de negro, tengo más de una octava parte.

Volvió a abrir los ojos y yo me eché a reír. La tía no entendía nada de nada. Entonces se lo conté todo; quiero decir, toda la historia del chico y cómo se había enamorado de una niña, y cómo el padre y el hermano de la niña se habían ocupado de él en consecuencia; le expliqué lo que había querido hacer con Lou y con ella, hacer que pagaran dos por uno. Busqué en mi bolsillo y encontré el reloj de pulsera de Lou, se lo enseñé y le dije que lamentaba no haberle traído un ojo de su hermana, pero que estaban demasiado estropeados tras el pequeño tratamiento de mi invención que les acababa de aplicar.

Me costó decir todo eso. Las palabras no acudían a mi boca. Jean estaba allí, tendida en el suelo, con los ojos cerrados y la falda levantada hasta el vientre. Volví a sentir la cosa que me subía por la espalda y mi mano se cerró en su garganta sin que pudiera evitarlo; me corrí. Fue tan fuerte que la solté y casi me puse en pie. Tenía ya la cara azulada, pero no se movía. Se habría dejado estrangular sin ofrecer resistencia. Aún debía de respirar. Cogí el revólver de Lou de mi bolsillo y le pegué dos tiros en el cuello, casi a quemarropa; la sangre brotó como un caldo espeso, lentamente, a borbotones, con un ruido húmedo. De sus ojos no se veía más que una línea blanca entre los párpados; tuvo una contracción y creo que se murió en aquel momento. La volví para no verle más la cara, y, estando ella aún caliente, le hice lo que ya le había hecho en su cama.

Creo que me desmayé inmediatamente después; cuando volví en mí estaba ya fría del todo, e imposible de mover. Entonces la dejé y me fui hacia el coche. Apenas podía arrastrarme; me pasaban cosas brillantes por delante de los ojos; cuando me senté al volante, me acordé de que el whisky se había quedado en el Nash, y la mano se puso a temblar otra vez.

22

El sargento Culloughs dejó la pipa sobre la mesa.

—Nunca podremos detenerle —dijo.

Carter afirmó con la cabeza.

—Se puede intentar.

—¡No podemos detener con dos motos a un tipo que va a ciento sesenta kilómetros por hora en un coche que pesa ochocientos kilos!

—Se puede intentar. Nos jugamos el físico, pero se puede intentar.

Barrow no había dicho nada aún. Era un tipo alto, delgado, moreno y desgarbado, que arrastraba las palabras cuando hablaba.

—Yo pienso lo mismo —dijo.

—¿Vamos, pues? —dijo Carter.

Culloughs les miró.

—Muchachos —dijo—, os jugáis el tipo, pero si lo lográis tendréis un ascenso.

—De todas maneras, no podemos dejar que una mierda de negro arrase el país a sangre y fuego —dijo Carter.

Culloughs no contestó y miró su reloj.

—Son las cinco —dijo por fin—. Han telefoneado hace diez minutos. Tiene que pasar dentro de unos cinco minutos..., si pasa —añadió.

—Ha matado a dos chicas —dijo Carter.

—Y al empleado de una gasolinera —añadió Barrow.

Comprobó que el Colt colgaba de su cadera y se dirigió hacia la puerta.

—Hay otros detrás de él —dijo Culloughs—. Según las últimas noticias, seguían aguantando. El coche del Super también ha salido, y se espera otro coche mas.

—Pues lo mejor es que nos vayamos ya —dijo Carter—. Sube detrás —le dijo a Barrow—. Cogeremos sólo una moto.

—No es reglamentario —protestó el sargento.

—Barrow es un buen tirador —dijo Carter—. Pero no puede disparar y conducir al mismo tiempo.

—¡Está bien, haced lo que queráis! —dijo Culloughs—. Yo me lavo las manos.

La Indian se puso en marcha al primer intento. Barrow se aferró a Carter, y la moto salió como una flecha. Barrow iba sentado al revés, con la espalda pegada a la de Carter, y atado a él con una correa.

—Afloja cuando hayamos salido de la ciudad —dijo Barrow.

—No es reglamentario —murmuró Culloughs, casi en el mismo momento, y miró melancólico la moto de Barrow.

Se encogió de hombros y volvió a entrar en el puesto. Volvió a salir casi al instante y vio desaparecer la cola de un gran Buick blanco que acababa de pasar con gran estruendo de motor. Y luego oyó las sirenas y vio pasar cuatro motos —así que había cuatro— y un coche que las seguía de cerca.

—¡Mierda de carretera! —gruñó, una vez más, Culloughs.

Esta vez se quedó fuera.

Oyó decrecer el aullido de las sirenas.

23

Lee mordía el vacío. Su mano derecha se desplazaba nerviosa sobre el volante, mientras seguía pisando el acelerador a fondo. Tenía los ojos inyectados y el sudor fluía por su rostro. Sus cabellos rubios estaban pegados a causa de la transpiración y del polvo. Percibía apenas, aguzando el oído, el ruido de las sirenas a su espalda, pero la carretera era demasiado mala para que le dispararan. Vio una moto delante, y se desplazó hacia la izquierda para adelantarla, pero la moto mantuvo las distancias y de repente el parabrisas se astilló, y varios fragmentos de cristal pulverizado a pequeños cubos le fueron a dar en la cara. La moto parecía inmóvil con respecto al Buick, y Barrow apuntaba con tanta precisión como en el campo de tiro. Lee pudo ver los fogonazos del segundo y del tercer disparo, pero las balas erraron el blanco. Ahora intentaba ir zigzagueando de un lado a otro de la carretera para evitar los proyectiles, pero el parabrisas recibió un nuevo impacto, esta vez más cerca de su cabeza. Sentía la violenta corriente de aire que se infiltraba por el agujero perfectamente circular de uno de esos lingotes de cobre que escupen los 45.

Y luego tuvo la sensación de que el Buick aceleraba, porque se estaba acercando a la moto, pero entonces se dio cuenta de que ocurría lo contrario, Carter aflojaba. Su boca esbozó una vaga sonrisa, mientras que su pie se levantaba ligeramente del acelerador. No quedaban más que veinte metros entre los dos vehículos, quince, diez; Lee volvió a pisar a fondo. Vio la cara de Barrow, muy cerca, y se retorció de dolor al recibir el impacto de la bala que le atravesó el hombro derecho; adelantó a la moto apretando los dientes para no soltar el volante; una vez delante ya no tenía nada que temer.

La carretera describió un brusco viraje y luego otra recta. Carter y Barrow seguían pegados a su rueda. A pesar de la suspensión, sentía ahora en sus miembros rotos hasta el más mínimo bache de la carretera. Miró por el retrovisor. A la vista no había más que los dos hombres, y vio que Carter reducía y se detenía a un lado para que Barrow se sentara normalmente, ya que no podían arriesgarse a adelantarlo ahora.

A cien metros había una desviación a la derecha; Lee divisó una especie de edificio. Sin dejar de acelerar, se lanzó a través de los campos recién arados que bordeaban el camino. El Buick dio un salto terrible y derrapó, pero Lee consiguió dominarlo haciendo chirriar todas las piezas metálicas, se detuvo frente a la granja y fue hacia la puerta. Los dos brazos le atormentaban ahora ininterrumpidamente. En su brazo izquierdo, que seguía sujeto al tórax, empezaba a restablecerse la circulación, lo que le arrancaba suspiros de dolor. Se dirigió hacia una escalera de mano de madera que llevaba al granero y se abalanzó sobre los barrotes. Estuvo a punto de perder el equilibrio, restableciéndose con una contorsión inverosímil y aferrándose con los dientes a uno de los cilindros de madera rugosa. Se quedó allí, jadeando, a medio camino, y una astilla le desgarraba el labio. Se dio cuenta de hasta qué punto había apretado las mandíbulas cuando sintió de nuevo en su boca el sabor salado de la sangre, de la sangre caliente que había bebido del cuerpo de Lou, entre sus muslos perfumados con un perfume francés poco apropiado para su edad. Volvió a ver la boca torturada de Lou y su falda empapada de sangre, y de nuevo bailotearon en su mirada lucecitas brillantes.

Lenta, dolorosamente, subió unos barrotes más, y el clamor de las sirenas resonó en el exterior. Los gritos de Lou por encima de las sirenas, y todo se revolvía y empezaba de nuevo en su cabeza, volvía a matar a Lou, y la misma sensación, el mismo inmenso placer lo sacudieron cuando alcanzaba el piso del granero. Fuera, el ruido había cesado. Con gran dificultad, y sin servirse del brazo derecho, cuyo menor gesto era ahora también un sufrimiento, trepó hacia el tragaluz. Frente a él, hasta donde alcanzaba la vista, se extendían campos de tierra amarillenta. El sol estaba ya bajo, y una suave brisa mecía las hierbas de la carretera. La sangre le corría por la manga derecha y a lo largo de todo su cuerpo; el agotamiento le iba dominando poco a poco, y luego se puso a temblar otra vez, porque volvió a sentir miedo.

La policía había rodeado la granja. Oyó que le llamaban, y abrió la boca de par en par. Tenía sed y sudaba y quería insultarlos, pero tenía la garganta reseca. Vio que su sangre había formado un charco, que se acercaba a su rodilla. Temblaba como una hoja y le castañeteaban los dientes, y, cuando los pasos resonaron en los barrotes de la escalera, se puso a gritar, un aullido sordo al principio, que fue hinchándose y creciendo: intentó sacar el revólver del bolsillo y lo consiguió después de un esfuerzo insensato. Su cuerpo estaba pegado a la pared, lo más lejos posible de la abertura por la que aparecerían los hombres de azul. Tenía el revólver, pero no iba a poder tirar.

El ruido había cesado. Entonces dejó de gritar y la cabeza se le desplomó sobre el pecho. Oyó algo, muy vagamente; el tiempo pasó, y luego las balas le alcanzaron en la cadera; su cuerpo se distendió y cayó, lentamente. Un hilo de baba unía su boca al áspero suelo de la granja. Las cuerdas que sujetaban su brazo izquierdo le habían dejado profundas marcas azules.

24

Los del pueblo le colgaron igual, porque era un negro. Su pantalón seguía formando en la entrepierna un bulto irrisorio.

Este libro se terminó de
imprimir en los talleres gráficos
de Mateu Cromo, S. A., Pinto, Madrid, España,
en el mes de mayo de 2004